むらさきのゆかり

飯田静江◎著

文芸社

「ぼてと足」漆彫　村山自橋

むらさきのゆかり●目　次

沓掛温泉

夜更けに降り出した雨音が気になり出したら、中々寝つけない。

ここは信州小県《ちいさがた》郡青木村、沓掛温泉叶屋《かのうや》旅館だ。上田市の知人が、私と友人を青木村で行なわれる「国蝶オオムラサキ放蝶会」出席の為に、この叶屋旅館を予約して置いて連れて来てくれた。

彼等はもう、寝たのであろうか……。沓掛温泉は青木から少し南に入って、宮淵川のかたわらに在る。開湯は平安時代だそうだ。夫神《おがみ》岳を目の前にし、薬師堂のすぐ下の古い、ひなびた宿。素朴な感じの宿である。今時、宿が沓掛に三軒しかないというのも嬉しい。

因みに沓掛温泉は、京都の小倉山に夫神岳が似ているので昔は「小倉の湯」と言われたり、旧地名「浦野の湯」とも呼ばれたようだ。

梅雨の明けぬのに訪れたのだから、雨は覚悟して来たのだが……昼間は上天気だった。

それにしても結構な雨足だ。明日の朝、沓掛の蝶の里でのオオムラサキ放蝶会は、実施されるのかしら？　この降りでは無理のよう。

正直なところ、心のどこかで雨で延期されれば良いがと、願っていたと言えないでもない。青木村「国蝶オオムラサキを守る会」の上原旺会長のお招きでやって来たが、明朝十時村が整備した「蝶の里」で村を興げての初めてのイベントが行われる。

その会場で一言、祝辞を述べなければならなかったから……。私は蝶の事は全く無知、ましてオオムラサキは図鑑でしか見た事がない。考えて見れば、明日の会場で出会う方々と私は一面識もない。なのに何故？　と思うかも知れない。ここで少し、青木村との交流の経緯《いきさつ》を書かなければなるまい。

人の出会いとは不思議な縁をつくるものだ。

昨年私は、画家である山本鼎《かなえ》が大正八年に神川《かんがわ》村で開いた農民美術の初期に活躍し、若くして逝った村山桂次（彫刻家）に興味を抱き、初めて上田を訪れ、農民美術研究所跡や、荒れ果てた山本病院を見たり、山本鼎記念館を見学し、今なお、この地に根づいている農民美術のアライ工芸を訪れ、貴重な資料を拝見させていただき、荒井さんともお知り合いになる事が出来た。

そして塩田平の古寺、古塔、美しい山々、大自然に囲まれた多くの遺構を頑なに守る上田や青木の人々。また、独鈷山《どっこさん》のふもとの前山寺。側の信濃デッサン館にある夭折の詩人画家村山槐多のデッサンも、桂次や私の友人太郎氏ともかかわりを持つ。館主で作家の窪島誠一郎氏が近年建てられた無言館は、我々日本人が忘れてはならない忌まわしい戦争で逝かれた若き画学生たちの残された珠玉の灯《ともしび》の絵画群像であると私は思う。

ごく最近（一九九九年七月）講談社から出された氏の『無言館を訪ねて』という本を読ませていただいたが、来館者の中にはすすり泣きの聞える美術館と感じられる方もおられたが……。

人はそれぞれの感じ方、観方であって当然であるが、私には静寂の中にも、どの絵も暗さは見えなかった。絵を描き続けていたい無念さはわかるが、懸命に画いた戦没画学生たちの絵のどこにもその暗さは見えなかったのである。

だから……切ないけれど喜びの詩が、声が絵の何倍も何十倍も聞こえて来た。

「今、僕等の絵を見てくれる人よ、ありがとう。戦争は嫌いだ!!　それでも嬉しい」と。窪島先生もデッサン館日記の中で書いておられる。「私は仲間たちからゆずられたこのかけがえのないコレクションを、塩田平の丘の上の美術館でしっかり守って行きたいと思う」と。

古き良き物を皆んなで守り、新らしい物を包み込む、そんな大らかな心を持つ信州。行き会った方々の温もりは私を魅了し、何故か懐かしく忘れ難い場所となってしまった。

その感動を紀行文『うえだまほろ記』としてまとめた。そんな事が縁となり、この度幻の蝶〝オオムラサキ〟の放蝶という機会に恵まれた訳である。

話はそれたが、農民美術家の荒井さんと青木村でオオムラサキの保護活動を、長年続けておられる上原旺会長とは知り合いらしく、電話でお誘いを受けた時には、再三御断りしたのだが、強《た》っての御言葉に遂、引受けてしまった。

それに、荒井さんの予約してくださった宿、ここ叶屋さんは農民美術の山本鼎が、晩年体をこわし療養した旅館でもあると言う。

鼎が体を悪くする三年前、上田で開かれた洋画講習会の出席者の中に、郊外の沓掛温泉の叶屋の若主人がいた事を思い出し、ここを静養先に選んだらしい。

そのような訳で、農民美術にかかわりを持つ、この宿をとってくださった荒井さんの心意気に感じ、荒井さんを紹介してくれた友人と出掛けて来た訳でもある。それに私は国蝶であるオオムラサキを、この歳になるまで恥ずかしながら見た事がなかったから……。

一度は幻の蝶オオムラサキを見たいという欲望にかられ、出掛けて来てしまった。

大体、女の身そらで人前で話す事など生まれて初めてなのに、無謀にもオオムラサキという蝶の魅力と、それを守る人たちの優しい心根、大自然の雄大さや出会った人々の温かさ、そして古寺、古塔を大切に守る、芸術を愛する信州の人たち。

あの時の感動と近親感が、ぐいぐい私を引き寄せたのかも知れない。誘われるままに、ごく自然に来てしまったと言えよう。

何を、どう話せば良いか？　迷い出したら切りがないし、今さらどうになるものでもない。

「エーイ!!　ままよ、何んとかなるさ」

一人言《ご》ちながら起き上って電気をつけ、煙草を一服。紫の煙の輪が天井に向ってふわふわと上って行く。

土台、脳天気な女だから切り替えは早い。時計を見ると十二時は回っていた。

どうせ眠れないなら一風呂浴びてくるかと廊下に出た。結構古い建物らしく、灯りは昔ながらの笠に裸電球が一つ、ぼんやり点ってぶら下っていた。幸い、今宵の客は私たち三人だけ、宿の若夫婦も所用で留守。老主人夫婦だけである。

足音を忍ばせて長い廊下を歩くのだが……ギーギュー、この宿の風呂場は建物の一番奥にある。夕食後、一度入ったのだから場所は心得ている。

トイレを突っ切って少し右へ曲り、旧館の横を通り、狭い簀の子を敷いた土間のずっと奥にある。私は夜目も結構強いのだが、それにしても薄暗い。簀の子の上を歩く時はもう軋む音は避けられなかった。

ここはどうやら物置きと洗濯干場か……やけに広い。簀の子の真ん中に猫が二匹、長々と寝そべっていて退こうとしない。

「ねえ、ご免ね。チョット通してよ」

猫はいやいやそうに、のっそりと退いてくれた。ギーギューと大股で急いで渡り、風呂場へ行く。

湯は満々と溢れ、真夜中の一人風呂の心地良さは堪えられない。大して広い湯舟ではないが、四、五人は充分入れる。五尺（一五三センチ）の体を首まで浸かり、長々と身を伸ばす。ザーッと湯がこぼれた。

白い体がふわりと浮き上り慌てて両手で湯舟の縁に握った。六十九年私を支えてくれた両足の筋肉はすっかり劣えて細くなり、昔の俤げは全くないが……。誰もいぬのに私は、痩せて萎びた乳房を隠していた。思わず苦笑いをしたが少々悲しい。

朝早く茨城から上田までやって来て、あちこち歩き回り、程良い疲れがむしろ心地良く総身を包む。真夜中の湯舟に身を委ね、久し振りに味合う充足感は、胸底の奥まで満たしてくれた。

雨は相変らず窓ガラスを叩きつけ、すごい音を立てて降っている。

風呂をゆったり楽しんだ私は、しばらく体の火照りを冷ますために窓辺に寄り、雨を眺めていたが篠突くように降る雨は、音ばかりで何も見えない。仕方なく床に入る。明日は晴れるか、何人位の村人が集まるのか……オオムラサキは放たれるのか、ぼんやり思案している中に、いつの間にか眠りについた。

目を醒《さ》ますと雨はすっかり上って、明るい。雨で山から流れ落ちた石ころが、窓際に溜って昨夜の降りの強さを語っていた。

私は身仕度を整え、開け放った窓辺に立ち空を見上げたが明るいけど青空は見えない。山霧がすごい速さで流れて行く。

「起きてますか？」

「ハーイ、どうぞ」

「お早うございます。ゆっくりやすめましたか？」

「はあ、お蔭様で……」

社交辞礼で、歯切れの悪い返事を一応したけれど……。

「良かったですね晴れて、昨夜は少し雨降ったようですが」

あら!! この人、夜中の強い降りを知らずに寝ていたんだわ。後生楽《ごしょうらく》（のんき）な人だこと。

「静さん、お早う。寝られた？ 俺、眠れなくて参ったよ」

私も……とも言えず恍《とぼ》けていたら、荒井さん、

「実は僕、今朝上田までどうしても行かなければならないんです。篆《てん》刻教室の受付けがあるので……済み次第戻って来ますから」

「あらっ!! 荒井さん、紹介者の貴方がいなけりゃ困るじゃないですか……。私、誰

方の顔も存じ上げていないんですから」

「大丈夫ですよ、飯田さんの事も村山先生の事も、よく話してありますから」

「オイ、オイ。冗談じゃないよ、俺は静さんの鞄持ちで来たんだから！」

「またそんな事言う。私は太郎さんを利用して、農民美術の話でもさせ、私の存在をぼやかそうと思って来たんだから……」

「まあ、まあ、お二人共。青木村では大変喜んでくれてます。大丈夫です、向うから声を掛けますから」

「そんなあ、荒井さんずるいですよ」

「それに、宿の女将に頼んで、近所の方が時間になったらお迎えに来る事になってます」

「それはお世話様ですけど……」

笑いながら三人で食事を済ませた。

「ああ、それから山本鼎の泊った部屋は、昭和二十八年（一九五三年）に火事で焼けてしまったそうです。けど、夕べ僕の泊った部屋は旧館でしたけど、中々古い部屋で、あそこは焼け残ったようだから当時を偲ぶ事が出来るかも知れないから、見てください。多分、山本鼎先生の泊まられた部屋に近いんじゃないかな」

案内されて通された部屋は、なる程古い。地形をそのまま利用して建てられているらしく、部屋全体が傾斜しているような錯覚に陥るかのようだ。座って見るとキチンと柱も梁《はり》も曲ってはいないのだが、斜めになるように、木も削られて造られているのだ。自然のままの地形を大切にする宿の主人の心根が嬉しい。

二間続き？　で書院作りの立派な部屋だったが、今はこの宿の主人といっても老画伯のアトリエとして使われているらしく、奥の床の間の前には一〇〇号位の白っぽい油絵が描きかけで、淋しそうに置かれてあった。

何分にも御高齢である。無雑作に置かれた絵の具や沢山の絵筆？　過去に描かれた何枚もの油絵が、キャンバスのまま重ねて置かれ、少し埃《ほこり》を被ったイーゼルが痛々しかった。

ほんの五、六分しか時間がないので、余り正確ではない。荒井さんが、

「じゃあ僕、上田へ行って来ます。今、御主人がお部屋の方へ御挨拶に見えるそうですから……時間まで、お話しでもしてください」

と、そそくさと出掛けて行った。

御高齢(九十歳?)小柄で品の良い老主人が、奥様に手を引かれ部屋に見えられた。世が世であれば私などお目にかかる事も出来ない芸術家である。

さて、参ったな。とは思ったがそこは友人村山太郎氏がいる。彼にまかせて置けばいいと、立ち上って迎え入れる。

「まあまあ座って、よくお越しなすってくだされた。ありがとうございます。何しろ近頃足も弱るし、時々、頭の中が真白になるんですわ……困ったもんです」

中々気さくな先生だ。テーブルの上に雑記帳を広げ、ボールペンを手にした。

「何んでも書いとかないとすぐ忘れてね」

と笑われた。几帳面な方である。

「ところで、貴方は、槐多の甥子さんだそうですね……」

「はい、槐多は私の父の兄です。父は村山桂次、彫刻の方をやってました。農民美術にいたんです神川《かんがわ》村の……」

「ああ、では山本鼎先生とも御親戚で」

「そうです。鼎叔父の息子、太郎とは従兄弟《いとこ》になります」

「はあそうですか、詩人の山本太郎さん」

「先年、亡くなりました」

「農民美術の山崎省三知ってますよ。杉村鼎介、小山敬三、小杉未醒……色々な人があの頃はいたなあ。私は画描だから彫刻の方は忘れてしまって……失礼しました」

この辺までは、まともなやり取りであったが話がすぐ元に戻る。

「ところで貴方は村山槐多の……」

メモを取りながら色々な話が飛び出しては消える。

「ああ何しろ、こうして時々頭の中が真っ白になっちゃうんです。忘れちゃうんだな」

と静かに笑われるが、とても楽しそうだった。私は二人の語らいを聞きながら、今朝荒井さんから渡されたオオムラサキのバッチを上着につけたりしていた。このバッチは青木村の皆さんで苦心して作られた、手作りの木製の物で美しいオオムラサキが描かれ、蝶を取りつけた台木には小さく「青木村オオムラサキを守る会」と書かれてあった。

約一時間も話していたであろうか、

「お迎えの車が参りました」

と奥様の声。

「それでは先生、失礼致します」

「そうですか、お帰りですか……」

名残り惜しそうにそう言われた。

「また、参ります、お世話になりました。どうぞ先生お元気で」

「来てくださいよ、キットですよ」

「はい、ありがとうございました」

迎えに来てくれた村の若い女の人の車に飛び乗った。

ここで叶屋旅館の老主人「沓掛画伯」について少し書かなければ失礼になるので、私の知る限りの事を書かせていただく。

私は気策で優しいお人柄に遂、なれなれしく、ありのまま書いてしまった。

沓掛利道《としみち》氏は大正元年（一九一二年）小県《ちいさがた》郡青木村沓掛温泉「叶屋」の長男として生まれた。旧制長野中学の絵の教師であった従兄弟《いとこ》の影響で幼い頃から好んで絵を描いていたと言う。

旧制上田中学へ進み、卒業と同時に画家を夢見て上京し、東京と青木村の往復を繰り返しながら絵を描き、文学を論ずる自由な青年時代を送ったらしい。

昭和十三年（一九三八年）家業を継ぐ為に止むなく帰郷、時に二十六歳であった。その頃、春陽会主催の洋画講習会が倉田白羊によって上田で開かれ、沓掛氏はそこにたまたま訪れた農民美術の山本鼎と出会い作品を褒《ほ》められ、励ましを受けたのである。そんな縁もあって五年後、病に倒れた山本鼎は叶屋旅館で療養生活を送る。そしてこの時に山本鼎から受けた刺激や励ましがあって昭和二十二年（一九四七年）第二十四回春陽展に初出品し、入選を果した。同年六月、毎日新聞社主催の「第一回美術団体連合展」に沓掛氏は、春陽会から選ばれて「早春夫神岳」を出品した。

また、この年、岡鹿之助を講師とした絵画研究会が発足、後に「鹿苑会」と称し三十年の長きに亘って続けられ、多くの画人を輩出した沓掛氏は、研究会発足当初からその中心となり、会の運営や後進の育成に力を尽された功労者である。

この間に第三十五回春陽展に「冬山」を出品して「春陽会々員」に推挙された。以上が沓掛利道画伯の大略である。

あの穏やかにお歳を召された老主人が、かくも信州の山々の四季折り折りの神山《かみやま》にとらわれ、一筋の道をこの山間の青木村で過されたか……。大自然の神山が巡るこの青木村は、信州のまほろばであり、その不思議な魅力に取り憑《つ》かれたのではないか？

特に老婦人の静かな面ざしが心に残った。

芸術家の夫を持ち、旅館を営みながらの幾春秋、信州での夫婦の道途りを慮《おもんぱか》ると、私は胸が熱くなった。

『長野県美術全集(12)』の中の「信州の現代芸術の世界より」の中で浦野吉人氏はこう書いている。

〝その作品は(沓掛利道)、鉛白で薄く下塗りされたキャンバスに、わずかに絵の具がつけられた画面である。ちょぼちょぼとした筆触、消え入りそうな曖昧なフォルム。一見どれを見ても不確かで頼りなく見える。しかし、そのような個々の頼りなさも、画面全体を見るときは印象が一変する。画面の発する言葉は、明確となり、豊かで強靭である。

他人のどんな作品が同じ壁面に並ぼうが、沓掛作品は緊張感がみなぎって、一際、輝やいている……。中略。

山の形も、雪の白さも、画面の上で造形的存在となって、美を奏でている……と。

「来てくださいよ、キットですよ」

と、人恋し気に言われた沓掛利道画伯の、小さな姿と、穏やかな笑顔が浮んだ。

夫神岳の裾にある沓掛温泉は、正に秘湯と言える。すぐ前に共同浴場もある。
歌人、窪田空穂もこの辺りの歌を詠んでいる。

〃青山なみぬきては高き女男《めを》の山
　二神山の裾に湯の沸く〃

蝶の里

「お早ようございます。朝早くお使いだてして申し訳ありません」

「いいえ、こんな車ですみません」

村の若い女の人は、済まなさそうに俯《うつむ》きながら言う。車が軽自動車だったからか？

「とんでもないです、助かります」

ここは沓掛、標高およそ一〇〇〇メートル。大した距離ではないが、くねくねと曲った道を下る。霧はすっかり消え、夜来の強い降りに木々の緑は洗われ一層、鮮やかだ。ほんのわずか数分だが緑の美しいトンネルの下をくぐり抜けると、視界は一変する。

山に囲まれ守られるような長閑な田園風景が広がる。宮淵川と沓掛川が合流する辺りに掛けられた「沓掛橋」を渡ると、左、前方の木立の中に宮淵神社の赤い鳥居が小さく見える。

蝶の里で開かれる「オオムラサキ放蝶会」の会場は、その少し先の山裾らしい。

この道を真っ直ぐ進むと村の中心街のようだ。車は少し走ると左に折れ、田圃を二枚ばかり上った所で止った。

「着きました。あの上です。人が見えるでしょう」

声を掛けて指差した。

「ありがとうございました」

結構上り坂だ。青々と波打つ稲を眺めながら上って行く。赤トンボが忙しく行き交っている。雑木山の裾を細長く切り開いた場所があり、今日の日のために建てたのか東《あずま》舎《や》が見える。その横にやはり新しい立派な桧の立看板。二十人位の人影が見えた。

「参っちゃったな、太郎さん。私誰も知らないんだから……上原旺さんという会長の名前だけしか荒井さんから聞いてるだけで……」

「俺は知らないよ。鞄持ちなんだから」

「いいわよ!! またそんな事いう。でもね私、ちゃんと例の物出して紹介しちゃうから」

例の物というのは彼、村山太郎が私のこの度の青木行の為に、わざわざ造ってくれた飾り箸《はし》と、豆杓子《じゃくし》（スプーンのような物）を土産に持たせてくれた。これは私の著書『風華』の中で書いたが、少し説明すると彼は農民美術の初期（大正八年）に活躍した彫刻家村山桂次の息子である。当時、ここ青木村でも講習会が開かれた事もあり、現在も、村立美術館にも初期の木片《こっぱ》人形等、大切に保存してある事を知り、私に持たせてくれたのである。

余談になるが、その『風華』の一節を書かなければ飾り箸についてわかるまい。

『風華』の中より。

先日私は、太郎さんの所へ伺った時、漆の朱塗りの素的な箸《はし》をいただいた。その箸というのが素晴らしくて、箸の上の方に輪が重なるように二つぶら下っているんです。持って使う度にゆらゆら揺れて、かすかに音がするんです。

元来これは、アイヌ民族の子供、といっても赤ちゃんの「お食い初め」の時に使われた箸が原形のようだ。勿論、私のいただいた箸は立派な漆塗りの箸だが、アイヌの人たちは、ずっと素朴で色も塗ってない。

輪が取れ易く作ってあって、その輪が取れて飛ぶと、その赤ちゃんは元気に育つ。という「言い伝え」があると、彼は話してくれた。

何故、箸の話になったかというと、太郎さんの父、桂次氏が山本鼎の農民美術の「出先」（出張所）を東京の神楽坂に作ったという話は前にも書いたが、これはあくまで、私の想像に過ぎないけれど、経営は困難だったと思う。

その頃の話しである。芸術家の生活というものは作品が世に出て、初めて何ぼのもの……画家にしても彫刻家にしても、一生が勉強であり修業であろうと、素人の私は思う。家族を養ないながら、自分の作品に打ち込むのはそれは皆、大変な事であったに違いない。

そこで彼等（これも前に書いたが）林是さん（木々高太郎氏の弟）と、創作の合間に木の貯金箱を作ったり、人の顔を彫って雁首（パイプ等）の先につけたり、木彫りの人形（これは多分木片《こっぱ》人形）みたいな小物を沢山作って、こんな物は彼等彫刻家にすれば簡単な事で、この作品を神楽坂の無人スタンドに並べたと言う。

これは太郎さんの母、於幸《おこう》さんから聞いた話だそうであり、その時の宣伝用のチラシも残っており、私がいただいて持っている。

そして、そこには○《まる》氏×《べけ》氏△《さんかく》氏と書かれてあり、広告文も中々詩的？ 詩風な文章で書かれてあった。この屋号が○×△《まるべけさんかく》屋と呼んでいたらしい。以下中略——。

そんな事を若い頃（二十七、八歳か）思い出して、自分もこの箸《はし》を作って並べ、その横で箸を作って見せる、そんなパフォーマンスを横浜の伊勢佐木町（中心街）辺りでやって見ようか？　なんて考えた事もあったそうだが……。

以下省略──。

元来、金儲けは大の下手人間、一人暮しの身。食べられなきゃ食べなくていい主義で、実現はしなかったようだ。それに鎌倉彫りのブームになり、彼は教える方が急に忙しくなった事もある。

この頃、この箸を作るのに若かったせいもあるが、一膳作るのにたった二十分位で作ったそうだ。今は歳老いて、とてもそんな訳にはいかないと、彼は笑って言っていたが……。

で、青木村には木があるし、誰か面白がって作ってくれる人がいるのではないか……元来、青木の人たちは物を大切に守る、自然を大切にする。幻の蝶、オオムラサキを十数年も大事に慈しみ育てる人たちがいる。

こういう優しさが嬉しくて、私に作って持たせたのであろうと、私は私なりの思いで持参した訳である。

話は大分、横道に外れたが、放蝶会に向う人であろうか、「お早ようございます」と声を掛けて行き、過ぎて行った。会場に近づくと二、三人の人がこっちを見て駆け寄って来た。

「あのー、飯田様ですか？」

「はい、お早ようございます飯田です」

「こちらです。足元に気をつけてください」

また、一段と高い場所へ案内してくれた。五、六人ずつ人が固って、遠巻きに私たちを見ている。つかつかと年配のがっしりした方が、

「会長の上原です。本日は遠い所、よくお越しくださいました。ありがとうございます」

「いいえ、初めまして、飯田です。私みたいな部外者をお招きくださいまして光栄に存じます。あのー、こちらは友人で漆彫家の村山太郎さんです。大屋で生まれ、子供時代は信州で育ったそうです」

「はあ伺っております。農民美術のアライ工芸さんから……」

二人は何やら挨拶を交し話をしていた。

「初めまして上原です」

名刺を出された。アラッ!!　この方も上原さん。見れば青木村教育長とある。慌てて私も名刺を渡す。

「飯田です、初めまして……本日は、村挙げての素晴しいイベントにお招きくださり、光栄の至りでございます。ありがたく参加させていただきます」

「お話しは伺っております。茨城からですか……それは遠い所から、ありがとうございます。どうぞごゆっくりなさってください」

先程の上原会長が年配の方を連れて来て、

「飯田さん、こちら青木村の村長です」

「初めまして私、村長の宮原です。遠路わざわざお越しいただき大変嬉しく思います。ありがとう存じます」

「まあ、おそれ入ります。飯田と申します。本日は〝オオムラサキ放蝶〟というイベントに参加させていただけるなんて私、考えてもおりませんでした。大変嬉しく感謝申し上げます。幻の蝶に会える幸せに、私興奮してますの。ありがとう存じます」

「〝オオムラサキを守る会〟の熱意に、村としましても出来得る限り応援をするつもりです。どうぞゆっくり青木村を見て行ってください」

上原会長が次々と人を紹介してくださる。それにしても、この村には上原という人が多い。

一通りの挨拶が終わったところで、私は例の品物を上原教育長に渡す事が、一番妥当な案と考え、

「上原教育長、これは村山太郎氏の作品ですが、珍らしい箸でしょう。ホラ!!」

「ほう、これはすごい。この飾りの輪は」

「これ、一本の木で彫った物です。本当はこれに漆を塗るんですが、そうしますと彫り方がわからないと思いまして……わざと半製品のまま持参しました。それと、これは豆杓子《じゃくし》。これは古ハガキで作りました。不用品を利用した物で、色を塗り、ニスでもかければ立派な土産品になります。こういう物が農村美術郷土美術になるんじゃないか……と私、思いまして」

「ああ、これはいいですね、早速学校でやらせてみたいですねえ」

「この青木村には材料が沢山あります。木の小枝などを利用して箸など作ったら……もっと面白い物が出来るんでは……。どうぞ皆さんで楽しみながら作って見てくださると、持参した甲斐があります」

「いただいてよろしいんですか?」

「はいどうぞ、貰ってくだされば作品も喜びます」

「素晴しい。これはいい。後で集まった方に披露しましょう」

いつの間にか広場は人で一杯になって、下の道に立っている人までいる。幼稚園児から小学生、中学生。学校の先生……村の若い婦人から老人まで。

陽も段々と高く昇り、紫色に煙る前方の山々を染めて行く。言葉では言い尽くせぬ神秘的な美しさだ。夫神岳に連なる信濃連山の朝の彩は、刻々と変って行く。陽の照りの具合に合わせるように……。

私はこんな身近に山々から受ける力強い息吹を感じた事は、かつてない。

「先生!! チョット見てごらんなさい」

まさか自分の事とは思わず、山に見惚れていたが、肩を叩かれ振り向くと、くぬぎ?の小枝にそれも先っぽの緑の葉に、何やら同色に近いものがぶら下っている。オオムラサキの蛹《さなぎ》だ。

「ひょっとすると、開会式の時に飛び立つかも知れませんよ。ホラ羽化が始っているでしょ。ね」

生まれて初めて目にするオオムラサキの羽化。一つの生命の誕生を目の前にして、私は胸のときめきを押し殺して、じっと見つめた。

会員の誰かが、

「もちっと、陽が差すとすぐだな」

この蛹《さなぎ》は、何齢なのか聞こうと思ったが……薄みどりの小さな半月形の蛹《さなぎ》は、自力なのかそれとも風なのか幽かに揺れた。

「静さん、チョット来て見い」

声をかけられ友人の方に行くと、美しい瑠璃《るり》色の羽を広げたオオムラサキの写真が、新らしい掲示板に張られていた。

「まあきれい、これがオオムラサキ？　図鑑で見るよりずっと鮮明ね」

前翅五、六センチあろうか♂が青紫というより瑠璃《るり》色で、中心から外へ輝き、その中に白い斑点とその外側に黄色の斑点があって、翅先は樺色になっている。後翅の後角部に、赤い斑点が二つ並んでいる。

オオムラサキが日本の国蝶に定められたのは、昭和三十二年（一九五七年）であるが、私は今日まで見る機会に恵まれなかった。齢、七十になろうかというこの歳に、こんなに身近で見る幸せに巡り会え、子供のように、胸の高鳴りを感じている。

隣にはオオムラサキの角のはえた緑色の幼虫や蛹《さなぎ》の写真、吸汁集団の写真まで、ずらりと並んでいた。

近年、日本列島至る所で土地開発が行なわれたり、一部のマニアの心ない濫獲でいつしか数も足り、今では幻の蝶となってしまった。現在は、山梨県や滋賀県他、数ケ所で保護活動が行なわれているらしいが。

「美しいもんだね」

「ほんとに……」

「太郎さんは信州育ちだから見た事、あるんでしょう?」

「さてね……。見たかも知れないけど、あの頃はオオムラサキが国蝶ではなかったしね。蝶を獲る事もしなかったからわからない。忘れちゃったのかも知れないな」

「ねえ、嬉しいじゃない。標本にしてない事が……」

「そうだね、さすが〃オオムラサキを守る会〃の人たちだよ」

「あのー、これ、青木村で作ったリンゴジュースです。召し上ってみてください」

上原会長の奥様が、村名物のジュースを持って来て下さった。

「いただきます」

朝から少々興奮気味の喉に、冷えた甘ずっぱさが心地良く沁《し》みた。コップを手に振り返えると、気がつかなかったけど、人、人、人。どこから沸いて来たかのような人の数にびっくり。目にする限り、農家らしい家は何軒も見えないのに……結構、遠くから集まって来たようだ。気がつけば私のズボンの端を、しっかり握っている幼稚園児の、陽に焼けた可愛いい子の顔が笑ってた。

開会式は未だ少し時間があるようだ。前方右になだらかな稜線を描き、青く輝やく美しい神山、夫神岳を間近に望み裾野にかけて、濃く、薄く緑の平野が開けている。何んとも景様しがたい雄大な、美しいロケーションだ。

夫神岳の向う側は別所温泉のある別所。大昔には、山の分水嶺で水争いもあった等の話も残されているが、誠に宜なるかなと思う。

ここからは見えぬが少し左手には東山道という古道が走る。現在は青木村と言うが、古くは「宇良野《うらの》の庄」と呼ばれていたから、塩田平地方より歴史は古いのではないか知ら。

現在でも、村指定史跡「推定一〇〇〇年、東山道浦野駅跡」という場所も残されている。

〝彼《か》の児《こ》ろと寝ずやなりなんはた薄《すすき》
　宇良野の山に月片寄るも〟

〝信濃路は今の墾道《はりみち》刈り株《ばね》に
　足踏ましむな履《は》け吾が背《いも》〟

なんて、誠に色っぽい古歌があるが、この辺りで詠んでも決して不思議を感じない。多分、この古歌は子檀嶺《こまゆみ》岳の裾野か、宇良野の庄ででも詠ったのであろうが……いずれも万萬葉（巻十四）にある相聞歌である。

そんな古人の歌など思い浮べていると、十時、放蝶会は始まった。

蝶を研究して四十年という鈴木繁男さん、この方は埼玉県から青木村へ移住した方で、蝶の魅力、いやこの大自然と青木村の魅力で移り住んだのかも知れないが……。

その鈴木さんの司会で、先ず「オオムラサキを守る会」の会長、上原旺氏のご挨拶。村が整備したここ「蝶の里」での初めてという放蝶会を行う喜びと感謝を体一杯で、熱っぽく語っていたが、残念な事に今年の天候の変化で、四月の遅霜で、一部が死んでしまった事を報告されていた。

続いて青木村の村長、宮原毅《たけし》氏の祝詞があり、教育長上原久夫氏の祝詞と続いた。そして祝詞の後、先程渡した農村美術（彼はペケ彫という）の素彫りの例の飾り箸《はし》と豆杓子《じゃくし》を取り出し、一生懸命説明し、紹介をして下さる。

中学生位の男子生徒たちが、いつの間にか前の方に集まり、眼を輝やかせて眺め、話を聞いていた。

ぶらぶらと揺れる輪飾り、これが元は一本の木で出来ている事に興味を引いたようだった。八十年前に青木村の先人たちが、村興こしで心で学んだ農民美術。物を大切に、そして自由な創作の楽しみを覚えて、それが収入源の一部になれば……と願ったであろう山本鼎や村山桂次が、その辺でにこにこ見ているような錯覚さえして、私は一瞬、頭を振った。

この中から誰か一人でも良い。二十一世紀に物造りの楽しさを継げて行って欲しいと、私は祈った。これだけ自然環境に恵まれ、またそれを守る、次世代に残そうと幻の蝶オオムラサキを慈しみ育てる人たちが、こんなに大勢いるのだから……。

そんな事を考えていたら、司会の鈴木さんが私を呼んだ。

「こちらは、はるばる茨城県からお見えいただいた飯田さん。農民美術研究家でいらっしゃいます。一言お願い致します。どうぞ」

と、紹介されてしまった。

私は農民美術研究家でもなんでもない。唯信州に惚れこんだ、一旅人に過ぎはしない。

「エーイ、もうどうと思っても結構!!」マイクを渡されて、私はすっかり開き直った。というよりもう、仕方がなかった。

そこで、先ずお招きいただいたお礼とお祝いを申し上げ、出会いの大切さ、尊とさを延べ、再び信州のまほろばに立てた幸せと、幻の蝶オオムラサキを見る機会に恵まれた幸運に、感謝しながらも少々興奮してます……みたいな話をしたように思うが、実際には村人の集りの多さに圧倒されてしまい、支離滅裂な話になったのではないか……。

ともかく、人前で話す事なんて生まれて初めての体験だったのから……。それでもなんとか無事に式典は終わった。

さて、待ちに待ったオオムラサキの放蝶が始まった。幼稚園児が放つらしい。何分にも、小さな子供たち、翅を痛めずに箱に入れられた蝶を放つ事は、世話をする大人たちが大変なようだ。数カ所で放蝶は行なわれていたようだが、人が多くて見る事は適わなかった。

聞けば、上田はもとより、佐久・木曽あたりから見えた方もいたそうだ。

いつの間にかすぐ目の前の子供が被った、白い帽子の上に、一頭（蝶は一頭と数える）が止っている。まだ羽化したばかりで、すぐには飛び立てず、じっと同じ形で動こうとしない。

お蔭でじっくりと観察する事が出来た。

地色は黒褐色で先端から中心に向って、ほんとうに美しい瑠璃《るり》色だ。翅の両側に白、黄の斑点が並び、後角部に真っ赤な斑点が二つ。

実に鮮やかで美しい。正に国蝶にふさわしい珍らしい蝶だ。

「あっ!!　あの子の帽子の上に止まってる」

「こっちの草の上にも止まってる」

あちこちで「きれいだねえ」の喚声が飛び交い、静かだった蝶の里は、一時、騒めきの声が溢れた。

私は友人と二人、あっちを向いたりこっちを見たり、首を回すのが中々忙しい。

オオムラサキはたて羽蝶なので、揚げ羽のように、優雅にひらひらと花を訪れる事はない。樹液、プラムなどの腐果などを集団で吸っている事もあるそうだが、残念ながらその様子を観る事は出来ない。

羽化して二、三時間経たなければ、森の中へ滑空するように飛んでは行かないそうだ。

で、これまた、オオムラサキの滑空は見られず私は頭の中で想像しながら、ブナ、クヌギ、胡桃《くるみ》、桑、合歓《ねむ》の木等、生い茂った青木の里山を眺めていた。

夫神岳から続く山々の稜線に、陽も高く昇りキラキラと青木の田園に満ちている。

信州の空は高い。飾る言葉は何もいらない。一度、この地に立つ事だ。

上原会長の声に振り向くと

「先生、お疲れ様でした。ありがとうございます。すぐそこの渓流沿いに、〝リフレッシュパーク〟がありますので、そこで昼食でもしながら打上げ会にしたいと思います。アライ工芸さんも見えますので、どうぞ先に行っててください」

他の役員の方は参加者に沓掛温泉の共同浴場の入湯券を配っていた。すぐそこです、なんて言われても、普段余り歩かない私、柵田を二、三枚下り、ぐるりと回って宮淵川を渡ると結構な道途りである。

「太郎さんお疲れ様でした。荒井さんが来なけりゃ、上田へ帰れないし……昼食ごちそうになりますか」

「静さんこそお疲れ、疲れたでしょう」

「まあ、何んとか無事にお蔭様で済みました。話は支離滅裂だったけど……」

「いやー大したもんだよ」

「とんでもない。だってさ、私の思惑大はずれ。一応メモって来たんだけど……私三十人位かな？　なんて思ってたの。その十倍はいたものね!!　もう頭の中はパニクッチャッてね。いやー、慌てたのなんの、なんとか後先をうまくまとめてごまかしちゃった。悪い事しちゃった」

「そんな事なかったよ」

「マイクの調子の悪いせいにして、声が余り通らないようにしちゃった。フフフ私って、本当に悪い人」

話し合いながら、柵田の細いあぜ道を遠い昔の子供に戻った気分で、懐しく一歩一歩、踏みしめながら、ゆっくり、リフレッシュパークに近づいて行く。

「オイ、静さん。あれが宮淵神社だろ」

と、右手上の崖を見上げて言う。

「お参りしてく？」

「そうね、でも昨夜の雨で崖の草が滑る……私自信ないからここでお参りさせていただく」

「そうだね、危ないから俺一人で行く」

「下で待ってます」

大した高さではないが、神社の裏側らしく急坂で草に握まりながら彼は上って行った。私は失礼して、社に向って頭を下げた。実は宮淵神社は参拝するつもりだった。御祭神は参らないのでわからないが、宮淵神社の神楽殿は、是非拝観したかった。神楽殿は、回り舞台が残っているそうで、この装置は全国に二カ所しかない貴重なもので、古い文化財だと聞いていたのだが、恐らく祭礼か何かでない限り、中を拝見する事は出来まい。

木の間蔭れに、背伸びをして見ると、チラリと細かな立格子の扉がわずかに見えたが、ぴっちりと閉じられていた。

私は一人宮淵川にかけられた木造の小橋を渡り、対岸のリフレッシュパークの川べりに立った。ここは結構上流に位置するらしく、山間から流れ落ちる上の方にある、二段の堰《せき》はさながら小滝を思わせる。

次に五段位堰《せき》は作られており、五メートル位の間隔で、木材と石で堰《せき》を順番に作って、川の流れを緩やかにしているが、それでもなお流れは速い。

両側もきっちり立派な堤防が作られ、安全な渓流釣場である。五、六人の人がのんびり釣糸をたれていた。誠に長閑な風景。こんもりと生い茂った緑の森。清らかな宮淵川の流れ、それを見守る神社の赤い鳥居、青い空。

だが、史実にも残されている青木村義民騒動の中でも、宝歴騒動は勿も有名だが、この山岳地形、川の流れを一目見てもその昔、沓掛や川下に当る村の森、田地田畑を流し、多くの人の尊い命を奪い、不毛の地に追いやった土石流災害なども、一揆を起す一つの誘因となったであろうと、私は思いを駆せていた。

青木村は「義民の里」としても有名である。

そう言えば物の本で、こんな昔話を聞いた事がある。宮淵川と沓掛川と合流するあたりというから、この近くではないかしら。石いもと呼ばれる野生の里いもがあるらしいが、煮ても焼いても食べられないというが本当なのかしらね!!。

「むかし、弘法大師様がこの地へ訪れたそうな。川でいもを洗っている老婆に『そのいもを少し分けて欲しい』と頼まれたが、欲の深い老婆は『これはいもではない、石だよ』と、うそをついて断ってしまった。そして、いざ食べようとしたら……本物の石になっていたとさ」

あくまで、伝説に過ぎないが、野生の里いもはあるらしい。私は見た事はないが……。

宮淵神社へ詣でた友人が戻って来たので、「リフレッシュあおき」という店に入って皆を待つ。オオムラサキ放蝶という青木村初のイベントを終え、すっかりリラックスした役員たちが、ぞろぞろと入って来て上原会長が、

「さあ皆さん、今日はありがとうございました、お疲れ様でした。ゆっくり食事をして下さい。先ずは乾杯!!」

後は、それぞれのテーブルで賑やかに、わいわいがやがや。私と友人は一番先だったので、奥の隅に着いていたが、前には上原教育長と鈴木さんが陣取り、私たちの相

手をしてくださった。まあ、話は農村において美術のあり方や、現代教育について等だったので、私はもっぱら聞き役で逃げた。

その中、農民美術の荒井さんも上田から駆けつけ、先ずは一安心。教育長や鈴木さんが小県《ちいさがた》郡神川《かんがわ》村で農民美術を始めた山本鼎に、大変興味を抱いてくれた事が私は嬉しく、新しい形の農村美術、現代の農村から……青木村から二十一世紀に向って芽生えそうな、明るい予感を感じていた。

行きずりの旅人が、信州に惚れ込んだだけの私を、村の人たちも、山も川も、温たかく包んでくれ、心の底まで温もる思いで青木村を後にした。

〝オオムラサキ守り育くむ老の眼は
　蝶放つ時少年となり〟

〝みすずかる青木の森に子等の放つ
　オオムラサキの姿まぶしむ〟

放蝶、オオムラサキ

飛べ蝶　飛べオオムラサキよ
大きく翅を広げて
くぬぎの森へ　みずならの森へ
そこはお前たちの故郷
夫神岳の山懐《ふところ》は
樹液をたっぷりくれるだろう

飛べ‼　国蝶オオムラサキ
あの森はお前たちを守り
慈しみ育てた村人が
二十一世紀へ夢を託し
送り出してくれた

ホラ!!　みんな見てる
小さな顔　大きな顔
陽に焼けた少年少女の顔、顔、顔
そして……私も友も
瑠璃《るり》色の美しい蝶

青木の森へ飛んで行け

ホラッ!!　陽も高く昇り
お前の瑠璃《るり》色の翅は
誇らし気に打ち震え
煌めきながら白い斑《まだら》　黄の斑《まだら》
赤い斑《まだら》を揺らめかせ
滑空しながら
一直線に……

森の中へと吸い込まれて行く

もしも私が
来年も再来年も
生きていたなら
この場所で　また会おうオオムラサキ
きっと会おうまた!!

池波正太郎真田太平記館

「お疲れ様でした、いかがでした？」

「はい、オオムラサキは見せていただきましたけど、荒井さんがいらっしゃらないので心細かったですよ」

「大丈夫、上原さん言ってましたよ。来ていただいて本当によかったと……中々盛大だったようですね多勢だったそうでよかった」

「何が何んだか夢中でしたけど……まあ、無事に済みました。喜んでいただけたのなら嬉しいです」

「それじゃあ、これから上田へ戻って真田太平記館を御案内します」

　車は青木の人たちに見送られ走り出した。国道一四三号線に出ると上田まで一直線。後ろに十観山、子檀嶺岳《こまゆみ》。右手に夫神岳、女神岳、独鈷山《どっこさん》の奇形を遠く仰ぎ、左側には飯縄山《いいなわ》。山々が全て私を見送ってくれる……そんな勝手な優越感を肌で感じながら、気の緩みか快い倦怠感の中で四囲を眺めていた。

道は下りだからほんの四十分位で、千曲川に掛けられた上田橋を渡る。信州は山も美しいが川も素晴しい。ゆったり蛇行しながらキラキラと光る千曲川。山が父親なら川は母親のよう。穏やかな時も厳しい時も……信州の人は元より、私等、旅人を包んでくれる心の故郷である。

川辺りに小舎掛がいくつもあり、遠ち近ちに釣人の姿が見えた。鮎でも釣れるのか、

「そうだ、遠回りだけど今日は川が穏やかだから、川辺りを走りましょう」

橋を渡るとすぐ右に曲り、千曲川沿いの道に入る。近年かけられた美しいループ橋も見える。

「ほら、見えるでしょう小舎が……。あれは〝付場《つけば》〟といって、川で捕れた魚を焼いて食べさせる場所なんです。はや、うぐい、鮎など……鮎はこれからかな?」

「付場料理《つけばりょうり》」は、塩焼きか天ぷらだそうだ。夏から秋へかけて、千曲川畔の風物詩。中々いい風情ではある。河川敷には優しいコスモスが揺れていた。

私は道不案内で、どう走ったのか覚えていないが、上田の市街に入ると、あっという間に池波正太郎真田太平記館に着いた。

白と黒の美しい調和の蔵造りで、玄関は檜のでんとした格子戸、これまた、立派。

上田市が今年（一九九九年）市制八十周年を記念して、一足先に平成十年に設立し、開館は同年（一九九八年）十一月二十三日だったそうだ。

一階は玄関を挟んで左側が事務室、右に交流サロンと喫茶室があり、その向こうがエントランスホール。奥が多目的ホールになっている。二階は常設展示室、他に蔵が二つ、一つはギャラリー、もう一つはシアターとなっていた。中々、肌理《きめ》細かな造りである。

入り口を入るとすぐ、館長の平野勝重氏が出て来られ、挨拶を交し、荒井さんは所用があるので後で迎えに来ると言って帰られた。

平野館長は、元、山本鼎記念館の館長であり、友人村山太郎とも知り合いである。太郎さんは久し振りの会遇らしく、二人共懐しそうに話しを交していた。

昭和の文豪最後の方と、惜しまれつつ逝かれた池波正太郎先生の事は、今さら書く必要もあるまい。

有位《ゆう》に一万枚を越える代表作「真田太平記」は史実に基づいてくわしく調べ上げ、フィクションを加え、衆知の通り約十年かかったと言う。正にその執念には驚きと脱帽である。

ただ、池波先生も「真田太平記」を書かれる為にここ、信州の上田や塩田平、青木村、松代から長野まで、何回も訪れ、恐らく信州の虜となられ、第二の故郷に思われたのではないか……。

先生も「上田の印象」の中でこう書いている。〝折に振れ上田の人々の顔を想い、上田の町を思う事は、私の幸せなのである〟と。

上田市が、市制八十周年を期に、池波先生を偲び、立派な真田太平記館を建てられたのも宜なるかなと思う。

ぐるりを山に囲まれた風景を愛し、千曲の悠久の流れにその昔の事共に思いを馳せ、青木村にも別所温泉にも、度々足を運ばれたのではないかしら……。

生来、多才な能力をこの大自然の中で存分に発揮し、小説を書き絵を描き、様々な食文化を探り、食通でも有名な方で本まで書かれておられる。

私は文豪池波正太郎プラス天才と言わせていただく。真田太平記館は池波先生の書かれた膨大な書籍や、作家生活の遺愛品。さらりと描かれた絵などが所狭しと並び、訪なう人の心を打つ。

それにしても、まだまだ長く生きて我々を楽しませて欲しかった。誠に残念である。

展示場を出るとギャラリーがあり、「風間完」氏の描く真田太平記これは週刊朝日に、昭和四十九年一月から五十七年十二月まで連載された九年間に及ぶ小説の挿絵の原画、十七点を展示してある。見事な作品である。

次も蔵造りの建物で、小さいけれど映像シアターがあり、上田城の攻防をめぐる真田勢と徳川軍の壮絶な戦の有様を「切り絵」を使った映像で見せてくれる。

二、三歩外に出て歩くと、今度は「忍忍胴」という建物があり、池波作品に登場する「草のもの」（忍者）の世界。面白いからくり絵で子供の世界、幼い頃に帰ったような楽しい思いを味合った。外へ出てフーッと息を吐く。

「疲れたの？」

「ええ、私余り池波作品を読んでないんで恥ずかしかった。昔読んだ本を思い出しながらで素晴しい反面、自分が情けなく苦痛だった。けど、どの作品もそれぞれの人物たちの家族愛と、生と死の重さ。先生の一環した思想？　みたいなものを感じた」

「もっと気楽に見ればいいんだよ」

「だってさ……あっ!!　荒井さんの車、迎えに来てる」

「いかがでした？」

「ありがとうございました」

「すごいなあ、さすが文豪、絵もすごい」

彼も絵を描くので、絵の方に興味を持ったらしい。勿論彼は、ほとんどの池波作品は読破している。何しろあらゆる本を読み、本と暮しているような人だから……。

「ほんと、構えて画いておられない。けど繊細で奥深いのね!!　想像をぐんぐん広げさせる、すごい力を持ってらっしゃる」

鬼平の世界にしても、恰《あたか》も今、自分が江戸の時代にいるような錯覚に引きずり込まれてしまう程、自然な描写の絵であり、文章である。

赤や黒で塗りつぶされた池波先生の原稿の推敲の跡など少しも感じさせない。チョットした会話の一語、一語。日本の言葉の美しさや、庶民の言葉の温もりにロマンを感じさせるし、言葉の大切さを教わった。

私は唯々頭の下がる思いだった。

「それじゃあ、家へ寄ってください。農民美術発祥八十周年記念で、私も初期の物を一生懸命探し回って集めてみたんですが……村山先生に見ていただかないとわからない物がいくつもあるんですよ」

「ああ見せていただきます。けど僕なんかわからないよ……。何しろ親父の顔も覚えてないんだから……三つか四つで死んじゃったからな」

話しているうちに、車は常田の「アライ工芸」に着いた。

「農民美術・いま・むかし」展

上田市上常田にある「アライ工芸」では今、農民美術発祥八〇周年記念企画展「農民美術・いま・むかし——作品に見るもの作りの歴史」を開いていた。

「こんにちは、おじゃまします」

「いらっしゃいませ、お待ちしてました」

暖簾をくぐって色の白い奥様が顔を出した。あらっ!! 昨年よりずっときれい。お若くなって生き生きとしてる

「そろそろ一年になりますかしら……初めてお会いしてから……」

「そうなりますか、うそみたいですね」

「本当に、帰ってすぐ〝うえだまほう記〟書き始めたもので……その節は随分ご無理なお願いばかりで……大変お世話になりました。電話で何度もお話ししましたものね、遂、昨日の事のような気がします」

「本当に……お疲れになりましたでしょ。さあどうぞ……二階で一休みしてください」

奥様の入れてくださったお茶を一服いただいてから、初期の作品を見せていただく。木の持つ良さを生かし、素朴で美しくと、農民美術は画家、山本鼎が大正八年（一九一九年）、小県郡神川村《ちいさがたぐんかんがわ》（現在の上田市）に農民美術練習所を開き、農村の青年を対象に木彫などの工芸作品を指導したのが始まりである。

その時の木彫家の講師は彫刻家「吉田白嶺」の弟子であった村山桂次。太郎さんの父である。他に画家山崎省三、杉村鼎介、勿論、山本鼎の四人だった。

その後、農民美術研究所が大屋北側の月夜平に三角屋根の三階建、モダンな建物を完成させ、政財会人を初め各界の芸術家を集め開所式は誠に華やかに行なわれ、木彫、絵画、ホームスパン（織物）染色と、多方面に渡って行なわれていたが、現在、信州では木彫のみが生き残っている。

開所式に北原白秋が詠んだ詩。

シルクハットの県知事さんが出て見てる
天幕の外の遠いアルプス
風だ　四月のいい光線だ

（見ろ子よ）新鮮なリンゴだ
旅だ　信濃だ　いい言葉だ
全く雄弁だ　村長さんだなと
リンゴむいてる
固い胡桃だとぴしりぴしりつぶしてる
隣の末醒の大きな手
さあプロジットだ
地面一杯しきつめた鋸屑《おが》をとばす早春の風
もう春だな　赤い漆をたらたら滴らせ
掻《か》きまぜて篦《へら》をあげてる
朱に金で落花生の花を描いてある
ロシア塗りだ　百姓の鉢
ふかしたての赤馬鈴薯をごてごて盛って
食べろと出した
木彫科の鉢

白秋が農民美術を詠ったものは沢山あるがその代表的な詩を、一つだけ書かせていただいた。と、言うのは、紆余《うよ》曲折を経て現在まで、農民美術発祥の上田市で、こうして記念企画展を開いてくださる荒井氏を初め、それに携わる農民美術の方々に敬意の一端として書いたものである。

今回の「農民美術・いま・むかし」展、その一では荒井さんの父親である農民美術作家荒井貞雄氏の作品を中心に、同じ研究所へ通った作家、二十二人の作品を展示してあるのと、初期から昭和二十年代の作品までを集められたという。

荒井さんが作品の整理をする中に、父、貞雄氏の作品の中から、改たな発見も出来たと大変感激しながら語っておられた事が、強く印象に残った。

「これ、見てくださいよ!!」

見れば絵馬の数々。

「あらっ、絵馬も画かれてたんですね、あれ、これは……軽井沢の風景でしょ」

「そうなんです。それよりホラ!!　伊豆大島の三原砂漠があったんですよ」

「なる程、大島ですねえ」

「それでね、親父の旅行スタンプ帳と、照らし合せて見たら、当時の旅行日程まで知る事が出来ました」

「まあ、それは良かったですね。嬉しい事ですね」

荒井さんは感無量らしく、後は言葉がない。

「どうぞ、ゆっくり見てやってください」

約二五〇点、大方《おおかた》が小品が多いので、一つ一つ見るのは中々大変だったが、造られた方、集められた荒井さんの御苦労を思えば、なんともないし、楽しい。

初期の木片《こっぱ》人形も沢山並んでいた。その中の一つを太郎さんは目を凝《こ》らして、眺めていた。スキー人形だった。

「静さん、これ!! 親父のデッサン帳にあったな?」

「ほんとだ、彫り方は?」

「うん、似てるような気がする」

煙草入れとか小箱、状差し。確かに村山桂次のデッサン帳にあったような……。

「みんなお父さんが教えたんでしょうね」

「……」

彼にすれば、懐かしさもあらうが、複雑な心の痛みを覚えたのではあるまいか……。大屋の山本病院で生まれ、農民美術研究所の庭で遊び育った身でありながら、父、桂次と幼い頃に死別したばかりに、直系でありながら、この農民美術八十周年記念展に、父、村山桂次の作品も、彼、特自の農村美術の作品も展示される事がなかったのであるから……。

彼は、表に出る事を（作品を）好まぬ人間だから、これは、あくまで私の推測に過ぎないけれど……私はどこか悲し気な後姿に見えたのは、私の気のせいだろうか……。お目出度い記念展に、つまらぬ私情の感傷は不謹慎以外の何物でもないと、私は改ためて作品を見せていただいた。

特に印象深く残ったのは、上田城や別所温泉、菅平高原などを描いた経木で出来たハガキ。切手は三銭、十銭と年代に依って違いがある。同じような通信絵馬もいくつか残っていた。

玩具、文具、室内装飾品等々、中々見事な展示会で、私共のいる中に入れ替り立ち替り来観者が有り、荒井さんも応対に忙しそうだった。この後、いま・むかし展は年代を変えて、後数回行なうという話である。

このような農民美術の歴史を振り返り、時代と共に歩んだ道、作品を見つめようとした企画展に訪れる、全国各地の人の中から一人でも二人でもいい、二十一世紀に継げて行く事が出来たら、山本鼎の創造の楽しみ、生活の糧人間としての潤い、生きる事の大切さ、美を愛する豊かさを汲み取る事が出来る。そんな人の生れる事を心から願ってアライ工芸を後にした私だった。

再び、上田　青木村

この上田、青木村への旅を終えて、私は実に多くのものを教えて貰った。答えをうまく言えないが、雄大な信州の自然を壊さず残そうとする人、先人の残した遺業を守って行く人。天与の美しい川や山を大切にしながら、発展をする為の努力をする町信州。

皆が誰かの為に生きてる、そんな当前の事が通用しなくなった時代……なんて思っていた己の愚かさを正してくれた旅だったのかも知れない。

美しい絵画や芸術とも言える古寺古塔、そこに住む人情豊かな心に振れる事だけで、人間は素直になれるのかも……。遅ればせながら、私も何か一つでも誰かの為に動けたら、そんな気がして今、また上田に向って走っている。

新幹線なら東京から上田まで、ほんの一時間もかからないが、今回は荷物があるので、私の弟に車を出して貰った。

弟は六十七歳、朝五時に横浜の自宅を出発して、茨城県鹿嶋市の私の家まで約二時間半。小休止して八時四十分頃の出発であるから、少々気の毒な事ではある。まあ疲れたら、私も運転は出来る等と安易に考えてしまった。

北浦を越え霞ヶ浦を渡り、国道六号線までの距離は結構長い。

国道六号線から土浦北で常磐道に乗り、東京方面に向かい、外環道に入り三郷インターから関越道に乗り藤岡で、やっと上信越道へ入る。

早い話、私の家は鹿島灘に面しているから関東平野を横断する訳だ。

上信越道に入れば上田まで後は一本道とはいえ、初めての道なので東部湯の丸インターまで都合五時間はいうにかかった。

それでも遂、四、五年前までは碓井峠を越え小諸を抜ける難所も、今は山を突き抜ける上信越道が出来たので、肉体的にも時間的にも大いに短縮されて楽になったと思うが……。

上田まで行かなかったのには訳がある。弟に海野宿を見せてやりたかったから。地図で見るといとも簡単だが、実際には曲り角を一つ間違えると大変。ほんのわずかな距離だが、道不案内なナビゲーターなのだから心元ない限りである。

「えーとねえ、しなの鉄道の線路を越えないと……海野宿に行かれないからね!!」

「ガードかな、それとも踏切り？」

「そんな事わかんない」

何んとも無責任な答しか出来ない。

「あっ!! ガードがある、渡ったらすぐ右折」

「わかった」

と言った時は標識を見損ない、行き過ぎていた。

「どうも来過ぎたようだね」

車をUターンして少し戻るとありました「海野宿」と矢印のある看板が。余り細い道なので見逃す訳だ。その細い道を行くと、宿場の入り口に出た。道も広くなり、右角に立派な神社。白鳥神社である。ここは宿場の東口に当る。

白鳥神社は、真田氏所縁《ゆかり》の神社であり、真田昌幸に招かれ、上田城下町である海野町を作ったのも、この村の人たちである。

昔は、田中宿の方が大きく補助的な役割りをしていた宿場だったが、丸子、依田窪方面への交通の要所であった為、「宿駅」として、月の半分ずつ田中宿と海野宿が、その役割を勤めたようだ。

その後、千曲川の大洪水に見舞われ、その機能を失ってしまった田中宿に替って、海野宿が、本格的な宿場となったという。

自然は時に恐ろしい力で荒れ狂う。千曲川の洪水は、田中宿を中心に襲ったのであろう。

北国街道は、中仙道と追分宿と分れて、善光寺を経て、越後に向う道で、田中宿、海野宿は、応時はさぞ賑わいを見せた事であろう。

一歩、海野宿へ入ると、そこは時空を越え全く時のない、時の止まったような不思議な場所。道の真ん中を旅人が手足を洗ったり、馬が喉を潤おした堰《せき》(小川)がチョロチョロ流れ、その堰《せき》にかかる、小さな石橋もそのまま、柳並木が風の間に間に揺れ、得も言われぬ風情。黒ずんだ白壁、落着きのある当時のままの家並が約五十軒、びっちりと残されていた。

「おっ、見事だ。姉さんまるで時代劇の世界だねえ」

車を止めて弟がため息まじりに言う。

「ほんとに……実は私も初めてなのよ」

昔、見た長谷川一夫の映画で、力士になりそこねた男の話があったっけ。確か題名は……」「一本刃土俵入」だったか……二階の窓から「チョイト兄さん!! これ持って来な」と、声をかけて来そうな……粋なつぶし島田の宿場女郎（今は死語）の白い顔が覗いているような風景が頭を横切った。この話は馬籠宿での話だったが……。

「姉さん、あの格子窓、連子格子っていうのかな？」

「あれね、私も後で調べたんだけど、あれは海野格子って言うんだそうよ」

「それにしてもよく残ったもんだね」

「そうねえ、これも受け売りなんだけどね!!　宿制の終わった頃だから多分明治になってからね。当時宿場だったのを、養蚕業に転業し、一大ブームを越したらしい。で、どの宿も、二階の客室を蚕室に替えた。それが幸いしたんでしょうね、建物を傷めず保存出来る結果となったと、いう訳。それに東部町（今の町名）が、電柱を全部移動させ、古い景観に戻したと言う話なの。ね、電柱一本もないでしょ」

「なる程ねえ、それで上田紬が有名になったって訳？」

「まあ、それもあるでしょうね、ともかく上田は養蚕は盛んですよ」

「ふーん。北国街道か……すると参勤交代の大名行列も下にー、下にーと通った訳だよね。この細い道を……」

「でも五、六メーターあるじゃない、昔としたら広い方よ。昔は本陣もあったらしいけど、長屋門だけ残ってるって言うけど……脇本陣は今はもうないらしい」

「これを保存する事は大変だね」

若い男女連れが五、六人小さなリュックを背負って土産物を買っていた。観光客だろう。

「ホラッあれわかる？」

「梲《うだつ》だろう」

「そう梲《うだつ》、今はもう珍しくなったわね。火返しとも言ったらしい。火事の時火の方行を少しでも変えさす為かしらね」

白と黒とのなまこ壁に重厚な瓦屋根、道に突き出る梲《うだつ》の、それぞれの形。その美しいアンサンブルは、ここを訪れる人の足を止めるには、いとも簡単な事だ。

資料館もあるし、何時間見てても刻を忘れさすには充分過ぎる。

「姉さん、僕は梲《うだつ》は上がらずじまいだったけど、今こうして素晴しいものを見られる幸せは感じてるよ」

「何言ってんのよ。我々兄弟は極貧の中を生き抜いて来たんだもの……でもね、私思ってる。偉いわよ、人様に迷惑もかけず、それぞれが子供を産み、素直な子供に育て上げ、世の中に送り出したんだから……健康で生きる幸せを感謝しなけりゃね!!」

「そうだね、ありがたい事だ」

「さてと……行きますか」

約、六五〇メートルある海野宿を後にした。

「あっ、チョット止まって!!　その右側の家、村山さんの育った家だって十五歳まで……」

「へえーそうなの」

「前は酒屋だったらしいけど屋号は綿《わた》や。だから、ホラその前の道を登って……線路を渡ってさ。少し右の崖上が山本鼎のお父さんがやってた山本病院だったって、まあ医院て所かな。村山さんはそこで生まれた……。

その病院と地続きといっても二〇メートル位離れた所に、農民美術研究所が建っていたらしいが、今は跡形もない。

山本病院は、かろうじて残っているけど……昔日の俤はなかった、去年私行ったけど……。どの部屋で太郎さん産まれたのか、村山槐多が居候して信州の山々を描いたのか？　なんて想像して見たけどネ。淋し過ぎた……。あんた行って見る？」

「止めとくよ、廃屋を見るより当時を想像した方が楽しいよ。夢は壊したくない」

「行こう、では別所に向けて出発進行!!」

私は少しおどけて弟に言った。

七久里の湯　別所温泉

大屋の駅を横目で見ながら、

「ねえ、千曲川を渡らなけりゃ別所へは行かれないから、近くの橋を渡りましょ」

「あった、この橋を渡るか……これが千曲川かあ。広いねえきれいだね、石が光ってる」

「そうよ千曲川。藤村が詩った……〽千曲川いざよう波の岸近く、宿にのぼりて……ね、あんたも一句ひねったら……」

「そうだねえ……〽千曲川秋日を映す石を敷く……こんな句しか浮ばないよ、へへへ」

「上手いもんじゃ、お見事」

なんて話している中にまた、少し行き過ぎてしまったらしい。何しろナビゲーターが老眼鏡をかけたりはずしたり、地図を見る時と標識を見る時が違うので……車はどんどん進んでしまうので始末が悪い。

「ねえ、どこかで右へ曲らないとまずい」

「僕もそう思ったんだけど道がね、仕方ない戻るか」

「適当に右折しちゃえば、なんとかなる」

さながら老、姉弟の弥次喜多珍道中。どこをどう走ったのか、結局車は川沿いの道を走っていた。

「アハハ、川沿いの道だ。景色が良くて車は少ないし……これは結構のんきな事を言っている。

「随分遠回りさせたわね、ゴメン。今度は標識を見逃がさないからね。疲れた？」

「平気平気、でもよく走ったな、朝からだと六〇〇キロ」

「御苦労さま、悪いね。本当ならさっきの道を行って無言館や前山寺・信濃デッサン館も見せたかったけど……時間が足りない。もう三時近いもの。あっ今度は大丈夫、左、青木・別所方面とある」

やれやれ、無事に着けそうだ。少し走ると左、別所温泉とあり道が分かれた。やっと落ち着きを取り戻した二人は、車の速度を落し、回りの山々を眺める余裕ができた。

「左前方にギザギザした険しい山が見えるでしょ。あれが独鈷山《どっこさん》、あの山裾に前山寺が在り信濃デッサン館があるのよ」

「結構離れてるんだね。山が青い。槐多や関根正二、見たかったな」

「また、今度来ればいい。今度は道、わかるでしょ。この辺り全体を塩田平と言う」

なんて知ったかぶりの話を弟にしながら、私は去年太郎さんと訪れたデッサン館の槐多の絵を思い出していた。

「あの独鈷山に連なる高い山、あれが夫神岳、少し手前が女神岳。夫神岳の近くが別所温泉」

「山が高いねえ、色が違うそれぞれの山が……姉さんの本の中に村山さんが信州から初めて横浜に来た子供の頃の事が書いてあったけど、まず一声が『横浜には山がない』と言った言葉がこの地へ来て見て、初めてわかった」

「でしょう。私も塩田平をぶらぶら歩いてびっくりした。ぐるり三六〇度山、山山なんだもの。皆一二〇〇〜一三〇〇メートルの山らしいけど、横浜とは違う。空も風も、空気も全く違うでしょ」

　家並が少なくなって山間に入るとすすきが風になびいて美しい銀色に光って波のよう。

「あっ、松茸狩りの看板があった」

「そう秋だものねえ、でも今年の天候少しおかしいよ」

話している中にどうやら温泉街に入ったようだ。後は宿の看板を見つけるだけだ。

「道さえわかれば訳ないいんだよね」

「あった。あそこ中松屋、車は入り口に着けて後で駐車場を聞けばいいから」

「いらっしゃいませ、よくお越しくださいました。お荷物を……お車は私共で」

見れば昨年お世話になった時の女将の顔。

「覚えていらっしゃいます？」

「はい。今日は村山先生は？」

「弟と参りました。荷物があるので……」

「御用で？」

「はい、明日青木美術館まで……」

「それはそれは。まあ、どうぞお上りくださいませ」

私たちは五階の眺めの良い部屋に通された。

「いい旅館じゃないか」

「そうね、今は改築され、きれいになったけど、玄関の入り口にあったでしょ『夫婦道祖神』ここはね、創業二百六十年位で『夫婦道祖神の湯』と言って、享保時代からの老舗旅館だそうよ。さあ疲れたでしょ。お茶でもいただいて、まず足を伸しなさい。今日はここ泊りなんだから」

別所温泉の歴史は古く、平安時代から開けたという。上田からも近く相当古くから湯道として道が通じていた。

別所は古代から七久里《ななくり》と呼ばれ、ヤマトタケルノミコトに依って開かれたという言い伝えられる説さえある。

「異本枕草紙」に、湯は七久里、有馬の湯、玉造りの湯とあり、七久里は七苦離を変えたものか……。仏僧の七苦離という戒があり、浄土思想を広める……なんて教えが開かれて行なわれて行なった事も想像させると言った説。ウンヌン……と「信州まほろば」という本。(南原公平氏若林伝氏)の書かれた中にある。その中に、

ななくりの古歌

つきもせず悪に涙をわかすかな

こやななくりのいでゆなるらむ

相模(後拾遺)より

いかなればななくりのゆのわくことか
　いつる泉の涼しかるらむ
　　　　　　　　　　　藤原基俊（堀川百首）より

いずれにしても七久里の湯は古くからあり真田一族も戦傷をいやす兵士や戦場での忌わしい心をいやす兵士が、数多くいたという。

「幸村公隠しの湯」という湯は、今は公衆浴場として「石湯《いわゆ》」と呼ばれ残っている。

別所は見聞を広めるには誠に良い所が多くあり、湯の町を起点に広がる塩田平は、中世から学問を志ざす人々のあこがれの地で、数多くの名僧を生んでいる。

その現われが仏教文化の遺物を沢山各地に残し、一そう風光明媚な景観をかもし出している。国宝安楽寺の三重塔、重文常楽寺の石造多宝塔、中禅寺薬師堂、重文前山寺末完(注)の完成塔三重の塔、北向観音、数え上げれば切りがない。

正に山に囲まれ、山に守られる文化財の宝庫と言える。

西南にそびえる夫神岳（雪の曙《あけぼの》にて出浦の富士と呼ぶ）東南の女神岳（妻恋う鹿をはらう）山といい、別所の人は朝な夕なに迎ぎ見る山である。夫神岳は東京の高尾山の約二倍。女神岳は、京都の比叡山より、やや高いそうだ。

「ねえ、見てごらん素晴しいロケーションじゃない？　西の方の山、あれが夫神。東の方が女神岳……中を取り持つじゃないけどホラ!!　あそこが北向観音様」

「ほんとだ見事な景観……ねえ、安楽寺へ連れてくって行ったじゃ」

「疲れてんじゃない、大丈夫？」

「平気、大丈夫。少し歩かなけりゃ」

「では行くとしますか……ドッコイショ」


注釈・因に前山寺の「未完の完成塔」は残念ながら棟札はなく建立は不明。理由は、二層・三層に窓も勾欄もないところから未完成とされているが、和様と唐様の特色が良く調和された誠に美しい塔で未完ながら正に美しく見事な完成塔で「未完の完成塔」と呼ばれている。

安楽寺　国宝八角三重塔

一休みして宿を出る。

ぶらぶらとホンの少し坂を下って左に折れまた、だらだらとした坂を歩いて行くと黒い、でんとした安楽寺の山門が見えた。

「なーんだ。すぐじゃないか」

「なんておっしゃいますけどねえあんた、これからが結構ある」

山門の片辺に、高倉テルと、山本宣治の記念碑があった。

「高倉テル？　山本宣治の話は死んだ兄貴から聞いた事がある。共産党員だろ」

「そう、この二人は確か義理の兄弟じゃないかな？　往年の共産党員で、高倉テルは、信州の人で、党派を越えた友情で山本鼎の農民美術や自由画運動を、随分応援してくれた方なの。山本宣治は昭和四年に神田で右翼の狂漢に倒れたという話よ」

「崇福山」と上げた黒門をくぐると奥へ続く道。森閑として本堂へ続く道そのものが、すでに禅の道という感じ。

道の右側に蓮田があり去年八月二十九日に訪れた時には、見事なピンクの花が咲き、両手を合せたような大きな蕾がいくつも顔を覗かせて、今にもポンと音を立てて開きそうだったのに……。今年はわずか二十日遅れなのに熱かったせいか花も蕾もすっかり終わって、蜂の巣をさかさにしたような三角の茶っぽい実をつけた枯茎ばかり……。あちこちで首の先がポッキリ折れて痛々しい。わずかに残った蓮の葉に水滴がキラリと光る様は、むしろ寂しさをさそう。

長い参道、見上げるばかりの老杉が覆い被さるように薄暗く静寂そのもの。私等二人の足音のみが聞え、自然に言葉少なになる。

「姉さん、安楽寺は禅宗だよね」

「そう。安楽寺は鎌倉後期？　正応元年、宗の国へ留学した僧が二人帰って来て、一人は鎌倉に建長寺を建て、もう一人の僧がこの信州へ安楽寺を開いたと言われてる。最初は臨済宗だったが曹洞宗に改ため、今日まで、法燈は守られてるという話よ」

「へえ、鎌倉の建長寺と同じ頃か……姉さんよく知ってるねえ」

「へへ、皆本の受け売りでございます」

門を入って三〇メートル位先に本堂があった。こんもりとした茅葺きの屋根、ずっしりといかにも落ち着いた本堂。黒塗りの鐘桜は右手、左側に羅漢堂。宝形屋根の土蔵造りの建物は経堂である。

手入れの行き届いた庭木。伽藍全体が例えれば大きな水墨画の世界であり、正に隅々まで禅道場である。

本堂へ参り羅漢堂へ、十六体の羅漢像は、前にも確か書いたが、法隆寺のそれと違い、苦行に満ちた表情はなく厳しい中にもどこかユーモラスで温かい。中でも一体の像の面ざしは、亡くなった父と、どこか似ているように感じたが、私は何も言わなかった。弟は幼なすぎて父の顔を覚えてはいまい。

「姉さん、今日は何日？」

突然、弟が切り出した。ハハーン、多分、あれだな？　と思った私は

「九月十八日。何が言いたいか当てて見ましょうか……明日は母さんの命日。でしょ」

「そうなんだ、僕ふと思ったんだ。こうして僕等姉弟で、寺参りが出来るの母さん、喜こんでるかなって……」

「そうね、大勢兄弟はいても旅が出来たのは二人だけ。最初で最後かも知れないけど……幸せな事だと思ってる」

「……」

急にしんみりしたので、

「さあ三夫、（弟）あの石段を上るとすごい塔が待ってる。さ、行こうよ」

塔は石段を上ると裏山の古松が見守るように六百年の間、風雪に耐え抜いて建っていた。見事な「八角三重の塔」である。

「ひゃー、すごいなあ。美しいねえ」

「どう見事でしょう」

「うん、すごいとしか言いようがない……けど四重の塔じゃないの」

「あの一番下は、裳階《もこし》といって屋根には入らないそうよ。ね!! しっかりと張り出して三重の塔を支えているでしょ。美しいわね」

屋根は柿葺《こけらぶき》。これがなんとも素朴で組物の肘《ひじ》木のつくる立体空間や、それらの交合《かみあい》の美しさをかもし出している。

全、唐様がこの塔の大きな特長。放射状に張り出した屋根……「八角三重塔」である。

去年訪れたが何度見ても美しく、私は声を失う。唯々見とれるばかり。

弟も位置を変えては眺めているだけ。巨大で豪壮、しかも繊細。採光窓の波連子、宝珠氷煙から縁束、礎石まで文句のつけようもない構造美。正に完成された八角三重塔。文化財として全国唯一の八角三重塔で国宝の名に恥ずべくもない。

「見事だねえ美しい。それに山の木がまた、なんとも一体化して、なおさら美しいんだね」

「ほんとね、軒反りの線の美しい事……来てよかったでしょう」

「よかった本当に……そろそろ戻る?」

参道の下に、

〝老の眼に観る日もありぬ別所なる
　唐風八角三重塔〟

と、窪田空穂の歌碑がある。

「姉さん、どう?　これ!!」

紙切れに急いで書いたと思える少し荒っぽい字で二、三句、吟じた俳句を渡した。

〝山門に佇ち秋の音しばし聞く〟

〝蜉蝣《かげろう》の躊躇《ためらい》もなし寺の池〟

安楽寺　国宝八角三重塔

〃秋蝶も蓮田に遊ぶ安楽寺〃
「中々やるじゃ、あんた、でも八角三重塔は詠まなかったの？」
「ああ駄目駄目駄目、美しすぎる。僕なんか一言も出ないよ。第一、塔に悪いじゃないか……」
なる程、それもそうだ。

北向観音

「どうする、北向観音様お参りする?」

「勿論、お参りしてこうよ。それにしても別所は文人が沢山来てるんだね」

「そりゃそうよ。この風情溢れる湯の町だもの……作家にすれば落ち着いて書けるし文学作品の舞台には持って来いの場所だもの」

「全くだ、金と暇があればいつまでも逗留してたいものね」

「川端康成の『牧歌』、川口松太郎の『愛染かつら』、有島武郎の『信濃日記』、若山牧水、島崎藤村、久米正男、池波正太郎と、数え上げれば切りがない。まだまだ私の知らない作家や画人など沢山いる」

「へえ、すごいなあ」

「そういえば北原白秋は、大正十二年に、農民美術研究所の開所式の帰りに別所に泊って、一六二首の歌を詠んだそうよすごい人ね。勿論、農民美術の歌も即興で詠ってるけど」

話しながらいつか表通りを突切って、二人の足は北向観音の参道に向っていた。細く長い参道。下って石段を上ると真正面に北向観音堂は在る。我々の遅々とした歩みを見降ろすように建っていた。

参道の両側は土産物店や、食堂など一分の隙もなくゴチャゴチャと並んでいる。安楽寺の境内は誠に静かだったが、こちらは浴衣姿の温泉客もかなり歩いている。

「なんか懐しい感じがする」

「そうね、熱海や日光と違って客引きの声もない。のんびりしてるのね」

北向観音は別所の中心といってもいい位置にある。男女の厄除け観音として、古くから庶民の信仰を集めている。聞けば南向きの善光寺と北向観音の両寺を参詣しないと、片参りになると言われて来たそうだ。

観世音堂の申し伝えに依れば、平安時代の天長二年（八二五年）頃の建立といわれている。

北向観音の本尊は千手観音で秘仏とされている。こじんまりとした本堂は間口九メートル、奥行き一八メートルで、本堂をぐるりと回廊が巡り、その回廊の壁にかけられ、奉納された絵馬は膨大な数。

絵も文字も判読出来ない程、古い絵馬が多い。北原白秋はこの絵馬に感動して多くの歌を詠んでいるが、白秋が訪れた頃は、まだ絵がはっきりと見えたのであらうか……

私は白秋の歌にあるような絵馬を探して見たが、わずかに一枚位しか見当らなかった。

白秋歌集「木俣修」選の中より。

〟青空のそぎへのかぎり遊べよと
　絵馬師心あれや馬放ち遊ぶ〟
〟みすずかる信濃の駒はすずらんの
　花咲く牧に放たれにけり〟
〟目も遥《はる》に野分吹きしくすすき原
　見渡して小さし丘に立つ馬〟

他に七久里の湯（別所温泉）についても、沢山の歌を詠んでいる。

〟湯所の春のねざめのおもしろさ
　鐘と太鼓の互《かた》み鳴りつつ〟
〟七久里や石湯《いわ》へかよう仮橋の
　かかりの上のしだり山吹き〟

本堂の右手に櫓《やぐら》造り（高足）の薬師堂があり、その御堂の脚柱の間から見える奥の、見事な石垣。御堂の側の桂の大木は胴回り五メートル以上あるという。

愛染明王の像に見守られ、悠然と立ち参拝する人々を眺める姿は正に圧感。川口松太郎氏作の「愛染かつら」の映画のモデルになった木である事は衆知の通りである。

本尊千手観音を初めとし、仁王、薬師、愛染、不動明王と、多くの仏像が祀られているが、境内の中にある記念碑の多さは驚ろきである。

「姉さん、歌碑が多いねえ」

「そう言われるとほんとに多いわね」

芭蕉の句は江戸で吟じたものだが、書いた方は上田にいた同門の異才、加舎白雄である。

〝観音のいらかみやりつはなの雲〟

「あっ、夕焼けこ焼けの歌碑がある。中村雨江が作詩したのか……知らずに歌ってた昔……」

花柳章太郎の供養碑は立派なもので、舞台姿のブロンズがはめ込まれ、句は、

〃北向きにかんのん在わすしぐれかな〃
他界する二日前に吟じた句だそうだ。
本堂に向って左側には歌人、窪田空穂が歌に詠んだ四本杉が在るが、夫婦杉のように二組に根元が、からまり合って今は天を突くかと思うばかりの高さである。
〃一本《ひともと》のごとく相寄る四本杉
観世音菩薩濃き蔭を賜《た》ぶ〃
北原白秋の歌碑
〃観音のこの大前に奉る
絵馬は信濃の春風の駒〃
弟は、いちいち声を出して歌を詠んでる。中々、可愛い奴、我が弟である。
陽も西に傾いて、頬を撫でるわずかな風も、ひんやりして来た。
「宿に戻ろうよ、お腹空いて来ちゃった」
「そうだね、姉さん大丈夫かよ、大分歩いちゃったけど……」
「まだまだ平気、大丈夫よ。明日は大事な用があるんだから今、へばる訳にはいきません」

兄弟というのは不思議なもので、歳を重ねても、遂、昨日の事のような遠い昔の子供に戻り気易い話し方になってしまうものだ。

考えて見れば二人合せて百三十六歳なのに……。笑い合い、語り合いながら宿に戻った。

料理は山の幸が主で、きのこ料理、勿論松茸ご飯に焼き物、揚げものと色々だが、朝鮮人参の揚げものや人参酒が珍しい。

「何はともあれお疲れさま。乾杯!!」

弟と二人切りの食事、遥か半世紀以上前に助け合って生きた幼い頃の事などが鮮やかによみがえり感無量。熱いものがじわっと来る。

追い打ちをかけるような夕べの寺の鐘の音、ゴーンと長い尾を引く。

「あら!!　お寺の鐘」

食事の途中で私は窓辺へ駆け寄り瞼をしばたかせた。崖から突き出すように建てられた北向き観音の薬師堂がわずかに見え、そのななめ前の桂の巨木の中に鐘桜が幽かに覗《のぞ》けて、人影が動いたゴーン。また一つ。

音はそこから広がって行く。回りの山々におごそかに響き渡り、暮れなずむ別所の町のいらかの上を越えて伝わってくる。桂の木はすでに黄色く色づき初めていた。

「姉さん、食べなよう。あっ、また鳴ったお寺の鐘……なんともいい風情だね、空気が澄んでるからひびきがいいな」

「七階の展望風呂からの夜景もいいわよ。塩田平が一望出来る月でもあれば、一味違う」

「そうだろうな、後で行つ見る」

こうして別所の夜は、更けて行った。

〃おごそかに長く尾を引き観音の
鐘の音渡り秋日暮れゆく〃

青木村立美術館で

今朝はよく晴れ、天気も上々夫神岳もそれに連なる山々も紺色にくっきりと浮び上り、雲一つない。

「姉さん、何時に出る？」

「そうね十時半の約束だから……上田の荒井さんは二十分見ればなんて言うし、宿の人は十五分位なんて言う。でも土地の人だからね道を間違える時間を入れても一時間、見ましょうか」

「そうだね、それなら安心だ。九時半に出るか……一応僕、紺の上衣持って来た。だって教育長に会うんだろ」

「そうなの、本当は村の公民館か文化会館をお借りして？　と思ったけど休日にぶつかって、上原教育長が美術館は休みじゃないし、静かで、それに館長も造詣が深いしね。それで上原教育長と美術館長と二人になっちゃった。ああ農民美術の荒井さんも見える筈《はず》」

「そうか三人か」

「とにかく、太郎さんのペケ彫りの素彫りの盆と漆塗りの盆、飾り箸を贈るだけだからさ。後、持って来た作品を見せるだけ……。午前中に終わらせて修那羅山へ行きましょ。ああ、『ぼての足とぼて』があったか……だってさ、話の継ぎ穂になるでしょ。私は何一つ作れないんだから……」

「そうだね、そろそろ出かけるか」

「道、よく調べたわよね!!」

「大丈夫。曲り角を間違えなけりゃ、あとは一本道だから。近くに行けば姉さんわかるだろ、行ってるんだから」

宿の女将に見送られ別所とお別れ。青木村へと出発する。青木村は夫神岳の向う側。

今回の青木行きは、先日招かれた「オオムラサキ放蝶」のイベントに行った時に持参した素彫りの飾り箸《はし》を、村で非常に喜こんでいただいた。同行した友人村山太郎氏の作品だが、彼も感激し、あの美しい山脈やオオムラサキを守る人たち、そんな青木村をイメージしてお礼にと記念にお盆を作って私の所へ送って来た。それを届ける為に出かけて来たのである。

私もあの放蝶会の時見た、村の人や少年たちの木彫作品を真剣に見る輝いた眼差しが焼きついて忘れられない。

青木村でもし、手探りでもいい、誰か一人でもあの箸《はし》を造り始めてくれたなら……この信州で最初に初めた山本鼎の農民美術の発展に継がるのではないか?。自主的に村が始める、これこそが本来あるべき農村美術であり、この地についた人たちのエネルギーだ。

青木村の新しい農村美術として、オオムラサキと共に二十一世紀に向け、農村美術の基点となってくてたら、先人たちもまた、現在農民美術に携わる方々も喜んでくれるのではないか……。

夢かも知れないが……動かなければ風も起きない。と、老骨にむち打って出かけて来た訳である。

青木村立美術館には、初期の農民美術作品も多く保存しておられるし、中村直人(彫刻家)の作品も展示されている。

今日、ほんのわずかでもこれは農民美術開所当時、青木村でも開かれた農民美術講習会の時、講師を努めた村山桂次の長男、村山太郎の作品(直系)である事も、何か不思議な縁の糸で結ばれているように、私には感じられるのである。

青木へ向って行くとずっと松林が続く。松茸狩りの看板が目についた。チョットした小舎も目に入ったので、

「ねえ、車止めて!! 松茸あるか聞いてくるから」

「松茸、買うの？ 高いよ」

「だってさ、大事な旦那を三日も使って美恵子さんに悪いもの……あったらお土産に」

崖を登って小舎の中の人に聞いてみたが、残念ながら後、一週間位しないと駄目だそうだ。

「一週間位早いんだって……残念」

「今年は天候が少し変だもの、熱かったから……。それよりそろそろ青木村へ入ったみたいだよ」

「あらそう。気をつけて大法寺の看板を探さなけりゃね」

車は坂を下って、どうやら青木の里村へ入ったみたい。

「えーと、大法寺を……大法寺はどこかな？ あっ、そこの広い道を右へ曲って!! ゆっくり走ってね、案内板を探すから」

速度を落して車はゆっくり進んで行く。

「あった!!　あの少し先の白い看板のところ右折して、道、細いからね」

右折してすぐ左側はリンゴ畑。真赤に色づいたリンゴがいくつも目に入った。

「リンゴ成ってるねえ、初めて見た」

「ほんと……けど変だなあ、去年私、一人で来た時……ぶどう畑だと思っちゃった。ものすごい雨でね、よく見えなかった。リンゴ畑だったとはね。見る時の情況でこんな大間違いをするんだ、私って駄目な奴」

言ってるうちに美術館に着いた。

「ここが青木村立美術館よ」

「中々立派じゃあ」

「そうね。去年の雨の日は変だな？　何故かもっと可愛くて、山にへばり着いてる風に思ったのよ。不思議ねえ、山の中で雨にけぶってる可愛い美術館てイメージが残って……。人間の感覚なんて、いや私のか……変なものね。頭がおかしいのかな」

車をそのまま直進させ急坂を一気に右に登ると、ちょうど、美術館の上に駐車場があり、車が一台止まっていた。

「早かったわねえ。時間があるから車を置いて、すぐ上の「見返りの塔」を見て来ましょうか」

「見返りの塔か、随分優雅な名前の塔だねえ」

「そうよねえ、誰がつけたか……余り美しいので何ん度も振り返り見たそうよ。東山道あたりから……それできっと『見返る塔……見返りの塔』となったらしいという話」

見返りの塔

苔むした狭い石段を登ると、朝の空気の澄んだ木立ちの中に粛然と「国宝　三重塔」は建っていた。大法寺の見返りの塔である。

この山間にひっそりとありながら、実に洗練された和様の美しさは、奈良、京都の遺構とくらべても全く見劣りもしない。

大法寺は天台宗の寺で、青木村の東北端にある。青木村一帯は、古代から塩田の庄と並んで浦野の庄といわれ、現在では上田と松本を結ぶ国道一四三号線。俗にいう松本街道が通っており、これは保福《ほうふく》寺峠を下って上田に入った昔の東山道の一部だそうで、大法寺のあたりは東山道の浦野駅（昔は宇良野）が置かれたと推定されている。古代は、主として官人の旅行や諸国の連絡道として使われた東山道である。

前にも書いたが、

〝かのころとねずやなりなんはたすすき
宇良野の山に月かたよるも〟

万葉集の中にこういう古歌も残されているし、奈良時代の「布目瓦」も発見されている。

古びたおもむきを持つ大法寺は、寺伝に依ると奈良初期の大宝年間（七〇一年～七〇四年）僧、定恵が創設、およそ百年遅れた平安初期（八〇六年～八一〇年）に天台宗の座主、義真が再興したとされている。ちなみに僧定恵は大化の改新の重鎮、藤原鎌足の子である。

ざっと調べた寺歴ではあるが、まず驚きであった。

大法寺の境内には千本松と呼ばれ、根元で枝が分かれる松の変種も見られる。

「見返りの塔」、国宝三重塔はその名にふさわしく、見る者の心を奪い取る程、その姿は優美そのもの、言葉を失なわせる程素晴らしい。

屋根は絵皮葺《ひわだ》で軒先をすーっと軽快に張り鶴の羽のような反りの優美さ。三重の塔は相輪の先まで、一八・八メートル。自然石を礎石として、誠にすっきりと建てられている。

地上に古代建築に見られるような基盤を築いていないのは、平安時代から後、日本の建築技法の進化のためのようである。

初層が特に大きいのがこの塔の最大の特徴で、組物が三段になる三手先という手法も、二層、三層で使われてるが、初層は二手先にとどめ、平面を大胆な設計で、すごく安定感がある。平凡になりがちな塔建築に変化をつけたのかも知れない。

しかも、少しの崩れも見せてない。このような構造の塔は、奈良の興福寺とここだけにしかないと言われている。

「ねえ、こっちへ来てごらん」

弟を一段と高い裏山の小道へ案内する。

「ほらね、絶景でしょう。夫神岳を目の前にして見返りの塔を眺める……正に価、千金」

「わあすごいねえ。こんなに近くで屋根まで見える。あっ、彼岸花が塔の周りに……夫神岳がくっきり……なる程、素晴らしいねえ。見返りの塔とはよく言ったものだ」

夫神の山の美しい曲線。伸びやかな三重の塔の美しさ、木々との調和。全て、丸ごと包み込むこの景観まで私は国宝と言いたい。

塔の側にそそり立つ茅の巨木は、大人数人でも抱え切れまい。そしてこれまた、根元から四本の枝を大きく広げている珍しい木だ。

珍しいと言えば、この地には「うらの竹」という竹があるそうだ。竹までが二またに分かれており、元は男竹でうらが女竹の「うらの竹」。

残念ながら私はまだ、お目にかかった事がない。ほんの三十分ばかりしか弟に「見返りの塔」を見せては上げられなかったが、それでも結構、満足し、感激したようだった。

「そろそろ時間だから、名残り惜しいけど行きますか」

「安楽寺の八角三重の塔もすごかったけど見返りの塔、素晴らしいね」

「それぞれの良さ、素晴らしさは、その昔塔を造った大勢の工人の魂みたいな……心かな、想いかな？ そういうものが込められているんじゃないのか知ら……後世の人に見て貰えたらなんてね、難しい事はわからないけど、素晴らしいものはいつまでも残したいものね」

坂を下り、石段を降り塔を振り返り見ながら駐車場へ急いだ。

再び、青木美術館

駐車場には、すでに五、六台の車が止まっていた。

「あらっ、遅れたかしら、まだ十分前なのに……チョット見てくるからね」

美術館の横の入り口まで行くと、上原さんが待っていてくださった。

「遠い所をよくまた、来てくださいました」

「いいえこちらこそ、せっかくの休日を……申し訳ございません。今日は車ですので、弟と参りました。あの、荷物は？」

「喫茶室にどうぞ」

弟と二人で荷物を降ろし、美術館へ入ると驚いた事に、青木村の村長、上原教育長、美術館長、美術館学芸員？　それに〃オオムラサキを守る会〃の会長上原旺氏まで、ずらりと顔を揃えて出迎えてくださるではないか……。

すっかり大事になってしまっていた。恐縮以外の何物でもない。

青木村の人と人との和のつながりの良さに改めて驚きと敬意を抱く。

そう言えばオオムラサキを守る会の会員は何人位いるのか尋ねた時、会長はこう答えた。

「現在、一〇四世帯です。守る会はおじいちゃんから息子、孫に至るまで、家族ぐるみの会なんです」

と。一世帯平均三人としても三一二人という事になる訳である。自然を守る、村を思う。昔はごく普通の事であった家族共通の何かを、都会では忘れ勝ちになっている。私はその時に、この地についた大きなエネルギーを感じ、温かさを覚えた事に、今日も、また、見せられた思いがした。

「姉さん、話が違うじゃ」

「約束は二人の筈《はず》だったのよ。まあいい、なんとかなる」

慌てたのなんの……弟はもっと面喰ったらしい。一足遅れて農民美術の荒井さんも見えた。持参した手土産の数が足りず、仕方なく喫茶室の女の子に一つ渡し、後は失礼した。

皆、休日を返上し、私の為に快く迎えてくださる。ありがたい事である。弟を紹介し、一通りの挨拶を済ませ、先日の御礼を述べて喫茶室に入るとこれまた、驚き……。

先日の飾り箸と、古ハガキで作った豆杓子《じゃくし》がガラスケースの中に納められてあるではないか。上原教育長に、

「あら、こんな素彫りの箸、これは半製品で、文化会館かどこかで皆さんの参考にと思ってましたのに……今日は完成品をお待ちしました」

持参品の中からまず飾り箸を取り出し、

「これが飾り箸の完成品です。カラカラとかすかに良い音がするでしょう。漆で仕上げた立派な作品ですがこれでは彫り方がわかりませんでしょう」

「ほう、見事ですねえ」

皆で代わる代わる、手に取り眺めている。

「それと、これは先日同行した村山太郎さんが、青木村のあの日をイメージして、わざわざ作ってくれたペケ彫りのお盆です。どうぞ!! こちらは彫り方がわかり易いように、木地のままの彫りっ放し。こちらは漆をしっかり塗った完成品です」

「これを頂戴していいんですか?」

「はいどうぞ。図柄はオオムラサキ、蝶を中心に、間に、この所は青木村の木を図案化したもので、ふちの部分は山脈《なみ》を図案化したと、私は思うんです。別に彼に聞きも

しませんが……」

「なる程、蝶と木と山脈ですよねえ」

皆、それぞれに何かを感じたのであろうか。いつまでも眺めたりさわったりしていた。

「それと……このブローチ。これはオオムラサキのブローチ。漆であの美しい紫を出すのに大変苦心した、と言ってました。見事でしょう。漆のオオムラサキ、私がいただいたのですが……」

「おー、すごいものだ。この薄さ……漆塗りのオオムラサキのブローチですか……。これ、木で出来てる訳ですよねえ」

「どれ、見せてくれよ」

「はい、太郎さんが私の為に作ってくれたんです。放蝶会の記念に。もう二度と出来ないと言ってました。お気に召しました？　ちょうど〝オオムラサキを守る会〟の会長さんもお見えになってくださったので、よろしかったら差し上げます」

「そんな……大事なものを。いいんですか？　本当に……」

「いいんです。私が持っていても宝の持ち腐れです。喜んでいただける方が、作品も、きっと喜びますから……。それと、これはただの石ころですが、見返りの塔とオオムラサキ見返りの塔は金と銀の線彫りです。三点セットにしたら土産物になりますよね!! 勿論、木でもよろしいのでは?」

「なる程ね、ただの石ころが、こんなに生れ変るんですねえ。そう言えば上原君(オオムラサキ)も何かゴチョゴチョ作るの好きだよね」

「あらそうなんですか、それは頼しい限り。農村美術の先生がいらっしゃるじゃないですか……農民美術のアライ工芸さんもおられるし……。ケガのないような刃の研ぎ方位でしたら村山さんも喜んで来ますよきっと」

「それと……これは私がいただいたものですが『ぼて』と『ぼての足』という作品です。これなどは一本の桜の木でして、捨ててあったのを太郎さんが何かにならないか?と考えて作った置物の台です。これなら皆さんが手に取って見ても壊れる心配はないし、良い参考作品になると思って持参しました。上へ乗せる『ぼて』はザルに漆を何回も塗り重ね、外側は、彼得特の漆絵を描いてあります。私も大変気に入った作品の一つです。これも置いて参りましょう」

村長初め一同、顔を見合せ言葉もない。余程感激したのであろう。ためつ、すがめつ眺めていた。

美術館長は、何やらアライ工芸の荒井さんに村山太郎氏の事を尋ねていた。「鎌倉彫りの方では三橋派直系の『自橋』という号を持つ方だ」とか……なんとか話していたようだが。

私は少々疲れたので出されたコーヒーをいただいて一休みしていた。

「ところで、後の作品は私が太郎さんからいただいたものですが、是非『村山太郎・自橋の作品』として観ていただきたい。余りにも手の込んだ漆も、たっぷり使った作品でして皆トロフィーばかりです。彼は性格として余り表に出たがらないし、私一人で拝見してても惜しいと存じまして……ねえ!! 順番にここへ並べて!!」

弟も心得たもので、すぐ取り出せる準備をしていてくれた。

まず「生生」硯箱である。ぶどうの絵を隅々まで描き、彫り、しかも紫色に近い色を漆で出した誠に重厚な作品である。

これは私が昨年出版した、村山太郎氏と五十年振りに「村山槐多生誕百年展」で再会した記念に書いた本『風華』の出版祝いに頂戴した作品。

次は鎌倉彫「きすげ」大胆に図案化したきすげが尺一寸の大きな丸盆一面に彫られ

ている。朱一色。朱とは正にこの色だ!! と言える作品である。

次も鎌倉彫「宝相花」同じく朱色の一尺大盆で彫りの深さは「村山自橋」の特徴。それに漆の厚さ、百年使ったとしてもはげないと彼は言う。

次は香合、「珠」朱と銀の二色で宇宙を現わしているそうだが……私にはわからないが素晴しいとしか言いようはない。

また、漆絵「縄文」これこそ村山太郎特有の絵画の世界と漆彫の世界の合体作品で鮮やかな漆三原色(これは私がそう彼の作品から受けた感じである)を作り上げたものと私は言える。

後は、「ペケ彫」と彼は称しているが立派な農村美術作品である。全作品が漆で仕上げてあるので農美とは価格的に少々無理な点もある。

黒と銀の「あやめ」の角盆。同じく黒と銀の「波」変形。他に角盆、三原色使いの作品二点。

「メロン」これは本物のメロンを食べた後の皮を一ミリ位残した物に金とグリンで漆を塗り仕上げた作品である。

他に花入れ「竹」一点。オブジェ「力」と「裸婦」の二点。「裸婦」は灯台であり、針金作品で村に一点差し上げて来た。

なお、これこそ農村美術の傑作中の傑作で漆塗りの「ネックレス」と、「ネクタイピン」等々、約十五、六点である。

荒井さんが、

「飯田さん、写真をとらせていただいてよろしいですか？　村山先生に断わらずに……」

「よろしいですよ。これは私がいただいた作品ですから……」

それではと荒井さんはカメラを向けて、パチリパチリとやっていた。

どれも皆さん驚嘆の声、声、声であったが、特に興味を引いたのは「ネックレス」であったようである。一本の固い木を、ぐにゃぐにゃに曲げてしまう、その技術と芸術性の豊かさに……。飾り箸《はし》の先の二個の輪、早く言えばそれを長く、ちぎらずに彫り、克つ、漆で塗り研ぎの作業を繰り返して行く。

誰が見ても感嘆の一語に尽きる。それだけでも驚きなのに小さな止め具に至るまで、絵が描いてあり勿論、木で造られている。

手に取って見れる作品だから、一番時間をかけて見たり、不思議がっていた。

いつの間にか美術館を観に来た客が周りを取り巻いている。館長が、
「皆さん、滅多に拝見出来ないものです。観せていただきなさい」
などと言ったものだから、わっと側に寄って来た。なんだか他人の作品が賞められ
ているのに悪い気はしないし、妙な喜びと言うか……充足感が体中に満ち溢れていた。
側の弟も多分、同じ思いに浸っていたのではないか。
予定の時間を一時間半もオーバーしたが……。
荒井さんが、
「飯田さん、一つお聞きしてもよろしいですか？　僕どうしてもわからない事がある」
「何でしょうか」
「あのねえ、どうして上田でなく青木へこの作品を持って来たんですか？」
「その事ねえ、どうしてって言われても……荒井さんが私を『オオムラサキの放蝶会』
に呼んでくださった。私が青木村へオオムラサキを見に行き、そこで感じた温かいも
の……何かなんでしょう。オオムラサキとの所縁《ゆかり》とでもいうのかな？　青木村との所縁《ゆかり》
という事なんじゃないですかしら……でも荒井さんが作ってくださった縁なのですよ
!!　農民美術の荒井さんが」

なんかわかったようなわからない返事をしたが……誠に縁というものは不思議なものので、人と人との織りなすものなのだと自問自答していた。

青木村の人たちに喜んでいただき、館長と教育長にお土産までいただき、見送られて美術館を後にした。荒井さんと上原さんが車の側に来て、

「これから田沢温泉へ？」

「いいえ、その前に修那羅山《しゅなら》の石仏を見に行って来ます」

「ああ、それなら私が御案内します。後から着いて来てください」

「それはよかった。上原さんよろしくお願いします」

「大丈夫、修那羅山を見たら、私が宿まで御送りしますから荒井さん」

「では荒井さん、明日、寄らせていただきますから……お世話様でした」

なんだか助かったり、申し訳けなかったり思ったが、この際上原さんに甘えてしまおう。

「申し訳ありません、よろしくお願い致します」

という訳で、車は修那羅に向けて出発した。

修那羅の石仏群

「後、ついて来てください」

「はい……よろしくお願いします」

「ああよかった、これで道、探さないですむ。それにしても姉さん、青木村の人、親切だね!! 美術館の方も大成功だったし……姉さんほんとによかったね」

「そう思う? まあ来てよかったと思ってる私も……さてと、大事な用は終わった終わった」

ここ、大法寺の在る青木村立美術館から、修那羅山までは結構な道程である。青木村の中心街を過ぎ、田沢温泉を左に見て行き過ぎ青木峠へ向うへアピンカーブになり始めた頃、「修那羅峠へ」という大きな道標があった。

前を走る上原さんが車を止め、

「上りがきつくなりますから、ゆっくり走ります。気をつけてください」

声をかけた。大きくうなずき後を走る。

修那羅峠は、青木村と東筑摩郡坂井村との境界で舟窪山の標高一〇〇〇メートル余り。修那羅の山頂に鎮座する安宮神社の境内に、松、杉、雑木の小径をはさんで約六八〇体の石仏群があるそうだ。

私はまだ写真でしかお目にかかってはいない。今、子供のような期待一杯で、早やる心を鎮めている。すれ違う車一台、出会う事のない山道を行く。風も光も周り中が静かに輝やいて心地良い。

「まるで箱根の旧道を走ってるみたいだ」

「ほんと、それにしても松の木ばかり……白秋の詩じゃないけど……〽から松の林に入りて……から松の林に入りぬ。……また細く道は続けり。だわね!! 道は補装されて立派だけど、風情は同じってとこかな」

「全くその通り、けど随分登るんだね」

「あっ、車、止まった」

上原さんが車から降りて来た。

「ここなんです入り口は……でも先に少し下って、そばでも食べてから行きましょう」

さっさと車に戻りまた、走り出した。どうしようもなく後について走る。安宮神社を行き過ごして、どんどん坂を下って行く。行けども行けども家一軒見当らず、両側は山、山、山。どうやら坂井村を走っているようだが、車にも出会わない。まんだらの里という看板が見えた。二十分位、車は走ったか……。

ようやく大きな水車のある「さかい」という、そば屋に車は入って止まる。

「先生、ここのそばうまいんです。水車でそば粉をつく、昔ながらの作り方なんです」

こんもりとした屋根、中々立派な造りのそば屋である。ゴットン、ゴットンと一定のリズムをきざみながら水車は回っている。その度に周りのコスモスの花が揺れているようだ。

「大きな水車、珍しいですね、私、本物の水車、生まれて初めて見たんです」

「昔はどこでも見かけたんですが、今はもうなくなりました。お疲れ様でした。お腹空いたでしょう。そばでも食って修那羅へ行きましょうや」

のん気な事を言っている。もう二時半はとっくに回っているのに……。ともかく、私は煙草を吸いたかったので助かった。

水車で搗《つ》き、石臼で挽《ひ》いたそば粉。手打ちの黒っぽいそばだが腰があって、中々おいしいそばだった。当然だ、ここは信州だった。

上原さんに本物の信州そばをごちそうになり、腹ごしらえも充分。私たちは修那羅山へ向った。そばをいただきながら伺った話だが、上原さんは大変な体験の持ち主である。

長い事、自衛隊におられた方と荒井さんから伺ってはいたが、彼は敗戦後、日本の政局が未だ米軍指揮下にあった頃は、警察保安隊と称していた頃からの実績があり、その後自衛隊が出来てからは、隊で医療にたずさわっておられたようである。中々発展家で、南極観測隊にパイロットとして第一回「富士」に乗り、参加もしておられる。

また、阪神淡路大震災の時にも自衛隊のＯＢとして、救助活動にも大活躍をされたという。ちなみにあの大震災の時に使われ、被災者に感謝されたという移動式風呂は在隊当時の彼の発案で作られたそうだ。

ほんの三十分ばかりお聞きした話で、まだ沢山面白い？　話もあるが、人命を大切にする自然を愛する大きな心の持主である事だけは書いておかなければと、書かせていただく。

車はそば屋「さかい」を出て、ぐんぐんと山間の道を登る。途中にダム工事をしている所があった。山狭のきつい坂を登りつめると、先程通り越した安宮神社の鳥居の前に着いた。

「着きましたよ、しょならさんへ」

土地の人は修那羅《しゅなら》山と呼ばず、しょならと呼ぶ。その語源は色々あるが、アイヌ語のシナラ（おおきな谷）という説もあるが、定かではない。鳥居をくぐるとゆるい坂道になり、その奥に安宮神社は樹に囲まれたように建っていた。

翌桧《あすなろ》の太い御神木？の根元に真赤な彼岸花がびっちり群れて咲いている。翌桧《あすなろ》の巨木の周りを取り囲むように……神社に彼岸花？少し妙な気がしないでもない。が、何せ、修那羅という奥山なので……と一人納得。

安宮神社の創建は末詳で、約四百五十年前と推定されている。本殿、拝殿、木妻殿、斉殿と籠殿、社務所とあり、境内坪数が何んと五五〇〇坪というから驚き。

祭神は大国主命《おおくにぬしのみこと》と配神修那羅大天武命《しゅならだいてんむのみこと》とある。大天武命は、望月幸次郎といって、越後頸《くび》木郡大鹿村の農家で生れた人だ。江戸後期の享和三年（一八〇三年）八歳の時、ふらりと家を出て、天狗について行ったのだという。

それから各地の修験道場を巡り、安政二年（一八五五年）六十歳でこの地に来て、雨ごいの行をしていたという。そして庶民の信奉を集めてこの地に落ち着き、以後、修那羅大天武として、ここ安宮神社に配神として祭られたという話である。

実在の人物が、神として祭られるのも珍しい話だ。

弟と二人で拝殿に詣でた後、さあ、石仏を拝見しましょうと見回したが、裏山への道がさっぱりわからない。

「こっちですよー」

と上原さんが手招いた。わからない筈《はず》だ。拝殿の側の縁の下をくぐり抜けて社の裏山に出るのだ。頭を下げ、腰をこごめて見せていただく、そんな不思議な気がする。石仏のある道は、谷を見落ろしながら山に半円を描くように巡って歩くのだと、上原さんが言った。

「足元に気をつけてください」

少し歩くと道は人一人が歩るける程細いが見事な杉並木、樹齢三百年は有に経っている。

「見事ですねえ、この杉並木」

「すごいでしょう。まあ日光の杉並木とまでは行きませんけどね」

「いえいえどうして、どうしてすごい」

排気ガスもないきれいな空気、木の痛みもないから緑の枝葉を張って美しい。高い空もチラチラとしか見えない。人っ子一人歩いてなく、ひどくひっそりと静かだ。小さな赤い花をつけた水引草が可憐に咲き蜩《ひぐらし》の声だけが降る小暗い山道を行く。

「いいねえ、姉さん、何んとも言えないね」

時たま高い梢の方で小鳥の鳴き声。石仏を見に来たのに……森林浴をしているようだ。

つと、上原さんが「登りますよ」と脇にそれた。私等も慌てて後に従う。一足、二足上に登るとあります、ありました石仏が……。しかし、上原さんは、

「先に見せたい所があります。今日は見えるかなあ」

とっとこ行ってしまう。道は木の根がうまい具合に張り出していて、木の根の階段のようだ。自然の作り出した段道《だんみち》である。

上原さんはなれたもので、その木の根を、ひょいひょい飛ぶように乗り越えて進んで行く。すぐ右側には沢山の石仏があるのに……。

私は来る前に、多分山道なので滑り憎い運動靴を用意して来て、青木美術館を出た

ら弟と二人、履き替るつもりでいたが、なんとなく期を逃してしまった。普通の靴では滑り易く、上原さんを追い駆けるのに必死である。

「ここですよー。見えるかなあ、雨の後だと樹がたっぷり水を含んでいて見えなくなるんですよ」

ようやくブナの大木の下に来た。「ブナ観音」である。

「あっ見える見える。姉さん、少し離れると見えるよ」

なる程、私の立つ位置から二メートル。

「見えます？　ほら!!　あそこ」

「見えます。ブナ観音ですねこれが……お顔だけが」

「すごいねえ、どうやってあの空洞《ほこら》に」

「不思議でしょう」

しっとり濡れて、暗い空洞《ほこら》の中に可憐な小さなお顔だけが見える。私が見た写真では御姿がしっかり空洞《ほこら》に納まって、御手を合せた所までが写っていたが……あれは立像なのか、座像なのかと一人で考えていたのだが。

この周りにあるおびただしい石仏の中で、特出しているのがこの「ブナ観音」であろうと楽しみにして来たのだが、わずかにお顔だけしか見る事は適わなかった。

成長力の旺盛なブナの大木に埋没しかけていた。地上から一・八メートル位？の位置か、かつては樹の根元に置かれてあったという話であった、と本で読んでいたが歳月は、こんな大木に変えていた。

そういえば信州には姥捨山がある。私が読んだ『信州の昔話』にこんな話がある。これは、一九七八年浅川欽一氏が（信州で集めた昔話八百余り）の話を採録した本で、話型が非常に楽しい本である。その中より一部引用させていただく。

浅川欽一採録

「おばすて山」より

昔が一つあったと《昔一つの話があった、》。あるとこに《ところに、》殿様があった《いました。》と。この殿様は、歳寄りを見たら腹が立って、六十二になれば「木の股ばさみ」と言って、生きたまま木の股にはさみした《はさんで置いた》もんだと《そうだ。》。
この国に兄とばさがあったと《息子とおばあさんがいました。》。ばさ《おばあさん》が六十二になったんで、山へ行って木の股にはさまにゃなんなくなったと《ならなくなりました。》。ある日兄《息子》は
「ばさ《おばあさん》、おれにおっぱれ《おぶされ》」
そいって、ばさはおっぱって《おばあさんはおぶさって》行きしま《行きながら》、木の枝をチョコンチョコンとおしよって《折って》行っ

たと。

兄《息子》は、奥山の人の知らねえとこへ行って、ばさを《おばあさんを》木のほこらに隠したと。そして
「ばさ、ばさ。おら、木の股にはさんだと言っておくすけ《おくから》、ここに隠れていなされ。食うもんは、毎日運んでくるすけ《から》。な」

そいったらばさ《おばあさん》は、

「おまえなあ、おれ、木の枝おしょっておいたから《折っておいたから》、それを見まし《みながら》ま、まぐれぬ《まよわず》ように行けよ」と。

「兄は泣く泣く家に帰ったと」――以下省略
話は続くのだが、この歳寄りを木の空洞《ほこら》に隠す信州の若者の優しい昔話が、今、目の前の「ブナ観音」を造り上げたように、チラッとこの姥捨伝説に重なる思いで、ブナ観音をじっと見ていた。

石仏や神像は選んで置かれたのか、皆なだらかな起伏の場所にあるが、中には倒れたり傾いたりした像も多い。その数は現在、六六〇基と言われているが、正に驚き。小暗い森に点在する石仏群は、どこか俗っぽく人間臭い。苔むした石仏の間々に彼岸花が咲く様は不思議な世界だ。

「すごい数だねえ、ああ可愛い、お地蔵さん。一体誰がここまで運んだんだ?」

「可愛い、目が笑ってらっしゃる」

見回した所、大きな物は少ない。鑿《のみ》の冴えを鮮やかに見せる童子像に「泣き虫がなをりますように……明るくのびのび育ちますように」と書いた前だれ。母の祈りの込められた像があるかと思えば、鉈《なた》彫のような荒っぽい炎髪の怪奇な神像や、円空仏のような抽象的な小さな神像もある。

また、武士の甲冑像のいかつい像もあれば、猫神様や犬神様。素人の彫ったような雅雑な像が圧倒的に多いのが目につく。

「あれがキズマサマ、コヤスサマです」

上原さんが一段と高い所の白布に覆われたものを指して言う。

「あれですか……例の子安様は。話に聞いてはおりましたが、あんなに沢山かかって」

かつて、そこには一糸もまとわぬ裸形の婦人像があり、一体はトコペイ人形を思わせ、他の一体は妊婦の姿であったと、金井竹徳氏の書かれた「石の心修那羅の石仏」の中で読んだが、沢山の白布(腰巻)で、今は何も拝観する事は出来ない。弟が怪訝《けげん》な顔で私を見たので、

「あの神様はね、女の大厄を守ってくれる子安様だそうよ」

「ハハーン、なる程ね……女の人の」

人の病根を刈り取るといわれる「御手鎌持神」「針通し神」は老媼《おおな》の座像である。いちいち、なる程とうなずけて微笑ましい。笹の葉を持った「ささやき大明神」、優しいお顔の地蔵尊があっちにもこっちにもある。

不動明王は四体も在り、可愛いい童子像は数知れない。判読不明の古い線彫の石盤像。子犬をくわえた秋田犬。それ等の石仏の間に点々と群れ咲く彼岸花の赤い色がこの修那羅の山の異様な雰囲気をやわらげ明るくしていた。

一際大きな自然石を重ねて「修那羅大天武」と彫られた奉碑に、高い樹の間から木洩れ日がすーっと射して、はっきりと読み取れた。がその碑の前に二つの首だけの像が在ったのも少し、不気味な気がしないでもない。

両側に小さな二体の像があり、一体は地蔵尊であるように見え、一瞬、救われた思いである。湿った地面に時折、足を滑らせないように根の張り出た所を探りながら進む。

見事な彫の美しい十一面観音像の、これ以上ない優しいお顔立ちに自然に頭が下がる。

昔日、さぞかし名のある石工の作であろう。神農像、相対像、大日如来から薬師如来、父子像、母子像(これは姉妹像かも)。山犬もあれば人面獣身像も……。閻魔様もあれば鬼もある。鬼というのに僧衣をまとい、木槌をかついでいる誠に変な鬼の姿は、少しも恐くないし、むしろ滑稽だ。

上原さんは四面十手の石仏が千手観音だと言い、修那羅仏の典型だとも言っていた。修那羅の対神、対仏は道祖神として祀られたものではないかしら。待てよ、道祖神は元々、路傍に祀られているのが常であるから、やはりここでは対神、対仏として見た方が良いのかも知れないな、と思った。

「猫神」の隣に立つ修験者風の石仏。また、小さな猫神。寄り添うように傾いたお地蔵様、名も知らぬキノコがつんつんと白く細い茎を見せて、茶色の帽子を被って沢山生えていた。

儀道に少しも捕われない、それぞれ自由な作風で立つ数知れない石仏群には、底知れぬロマンがあり、ドロドロとした人間の強い欲望と願いも吹き飛んで、見方を変えればメルヘンチックなこの山に秘む、楽しい造形の世界でもある。

誠に不思議な魅力に引き込まれてしまう。

「姉さん、面白いなんて言ったら悪いかも知れないけど、すごいと言うより……やはり、楽しくなっちゃう」

「そうね、造って山坂を越え背負った重たい悩みを修那羅山へ納め、願い祈る。そんな庶民の喜びみたいな満足感……が、この異様な雰囲気の中にも、安らぎや明るさ、面白さを見る人に伝えるんじゃないのかしら……ね」

右手に剣、左手に巻物を持ち、身は行者風の衣装をまとう。総髪を後にたらし、ひげをたくわえ大きく見開いた眼。実在の人物、修那羅大天武の石像は堂々としていた。

判読も出来ぬ風雪にさらされた文字の跡のある石塔が二つ、三つ。それを見るように、横を向いた小さな地蔵尊に真新らしい、赤いよだれがけがやけに目立ち、一層親しみを覚える。いつの間にか私も弟も、この不可解な修那羅の世界に魅了され、すっかりのめり込んでしまっていた。

修那羅の石仏、石神は、安政二年以後の十七年間のものが大半であるが、明治時代のものも数基見かけられ、新しいものは昭和三十年のものもある。

極く最近(平成十年)、青木村の陶芸グループで製作された陶製の物も二十点位、一カ所に納められていた。嬉しい事である。

先住の村人たちが心を込めて残してくれた膨大な数の石の造形、そんな物造りの力がこの信州の青木村には脈々と流れていた。

そう、気がついた事が一つ。修那羅の石仏には「アサノオ」が巻きつけられたものが多い。中には五円玉をくくりつけたものも目立つ。

庶民信仰の様々な形、願い。ドロドロとした人間臭さ、人間の欲望や願望のすざまじさには、むしろ滑稽すら感じるが、どうしてこの修那羅まで運んで来たのか、改めて、大天武の力のおよぼす所なのであろう。

そしてなお且つ神聖な修那羅の魅力だったのか……。単順素朴でとても明るくてモダンな造形群が次から次へと増えて行ったのか、どう考えても特異の世界である。

精巧な石工の刻んだ像があるかと思えば、素っ頓狂で「何!! これ」と正直思った像もある。ゆっくり時間をかければ私にも彫れそうなものさえある（大変失礼）。

全体を通して顔立ちが、目元が優しい。人は修那羅の石仏は特異な像ばかりと言うが、正に言い得て妙。そこが最大の魅力のように思えたのと、この修那羅の風土にすっぽり入り込んで、空気までが一味違う気すらした。

山臭さ、木と草と石と土の臭いがごっちゃまぜになった臭いとでも言うのか、ともかく、いい臭いなのである。

私は一つ、大きく息を吸って裏山から安宮神社の明るい境内に戻った。

「修那羅山まで登れまい」と、多分思っているであろう友人に、「土鈴」を一つ求めて修那羅を後にした。

〝名も知らぬきのこと並ぶ石ぼとけ〟

〝石仏のみな笑みてをり秋夕日〟

〝修那羅山ひとりを通す霧参道〟

〝石仏まろく秋日になをまろく〟

〝修那羅路は秋陽の薄き石ぼとけ〟

弟が吟詠したので私も一首。

〝みすずかる修那羅の森の木洩れ日を
かすかに浴びし石仏佛笑まう〟

田沢温泉「ますや」で

「さてと……田沢温泉ですよね、その前にチョット寄ってお茶でも」

「ありがとうございました。修那羅山が見れて、本当によかったです。私たちの為にとうとう一日、棒に振らせてしまいましたね、心からお礼申します」

「いや、どうせ遊んでるんで、それよりみんな青木へ来ていただいて嬉しいんですよ。じゃあまた、後について来てください」

車は田沢温泉と反対方向に進んで行く。どこへ行くのか知ら。また、坂井方面だ。坂を下ってどの辺を曲ったのかわからないけど、真っ白い花をつけたそば畑を通り過ぎ、少し開けた割と新しく、最近出来た建物の中に連れて行かれた。

「やあ、元気かね。こんにちは」

「遠くからのお客さん。ホラ、オオムラサキの放蝶会の時の……」

「よくいらっしゃいました。何か……ウーロン茶でいいですか?」

「こんにちは。はい、いただきます」

ここはどうやら修那羅森林公園の一角らしい。キャンプ場などあるらしい。丁度、沓掛のリフレッシュセンターと同じような、食事の出来る休憩所のような所だ。

いずれにしても風光明媚な所だが、なにせ山里なのでコーヒー等は置いてない。コーヒー好きの私としては、いささかそれだけが残念だ。上原さんは気を遣って色々話をしてくださる。

七月にオオムラサキの放蝶の行なわれた蝶の里は約三〇〇〇平方メートルあると言う。東屋、飼育棟など建ててあったが、先日、草刈りをみんなでやった事など話していた。各自がそれぞれ草刈り機や鎌で、エノキ、レンギョウ、ニシキギ、ヤマザクラ、コブシなど植樹されている斜面の草刈りに汗を流したそうだ。

春から夏にかけて、山の緑の中に赤や黄の花を咲かせる様は、さぞ美しかろうが、私たち他県の者には、こうした土地の人々の地道な蔭の努力は聞いて見なければ実感としてわからない。

青木村の皆さんが、こうして幻のオオムラサキを守り、増やし次世代に美しい自然や、先人の遺した大いなる遺構を渡す。その核の地となると……、そして信州は永遠のまほろばであると、私は思った。

「さあ参りましょうか、ますやさんへ。上田の荒井さんが予約したそうですね。昨日、私行ったんですよ、女将が言ってました。で「藤村の部屋」を頼んどきましたから……」

「あらっ!! まあ嬉しい事。ありがとうございます」

まさか、その部屋に泊れるなんて夢にも思っておらず、思わぬ幸運にわくわくしながら車に飛び乗った。

「ああそうだ、田沢に着いたら道が二つに分かれます。私は左へ曲って家に帰りますから右に曲って少し行くと駐車場があります。そこから先は道が細いので歩いて行ってください」

あらっそれじゃあここでお別れだ。慌てて車を降り、改めて厚く礼を言った。

「いやーまた、来てください」

たった二度目なのに本当にお世話になった。上原さんにはただ、感謝、感謝である。なる程、今では珍しく懐しさを誘う細い石畳の道、結構な坂道である。車は通るが、人も歩くし、車一台がぎりぎりの道。

「御苦労様、疲れたでしょう。ありがとう」

「いやよかったよ来て。それにしても青木村の人って親切なんだね」

「ほんと、ありがたい事ね。ねえ、この道藤村も歩いたんでしょうね……下駄の音でもカタカタ響かせて……」

「そうだよきっと。考えるとチョット嬉しいな僕。作家というより詩人藤村の方が僕は好きだな。そんな人にあやかりたいが駄目か……仕方ないその足跡でも歩くか」

「これから行く『ますや』さんは、明治時代に建てられた木造三階建の旅館なんだって」

「へえ、木造三階？　よくその頃、この山の中へ建てたものだ」

そういえば弟も長い事、大成建設に勤めていたのだ。建築に興味を持つのは当然である。

坂の途中で振り返ると、田沢、青木の家並が見える。今通って来た道の遥か向うに子檀嶺《こまゆみ》岳であろうか紫色に煙って見える。

青木村一帯は昔、信濃十六牧の地と言われた地方で、馬を祀る信仰が盛んで子檀嶺《こまゆみ》というのは、そうした所から名づけられた山の名と言う。私は恥ずかしながら子檀嶺《こまゆみ》とは読めなかったが……。

「あっ、あそこよ。ますや旅館は」

「古いけど随分どっしりして、大きいねえ。白壁がなんともいいね」

連子格子のはまった脇を通ってますやに着いた。

「いらっしゃいませ、お待ち申しておりました。飯田様ですね」

「お世話になります、飯田です」

私より二つ三つ歳上か、品の良い女将に迎えられた。確かに百年以上経た重厚な造り。立派な本瓦の玄関である。横書きの「ますや旅館」と書かれた厚い板看板は、多分、右書きを、左書きに直した物であろうか……板の中程の部分がけずり取られたように思える。

今風のきらびやかさは、かけらも見えない。上るとすぐ応接間？ さしずめホテルなら小さなロビーとでもいうのか。それよりまず驚いたのはそのロビーを支えている大黒柱？ が二本。抱え切れない程の太い柱、天井に張り巡らした二尺(六〇センチ)以上の梁《はり》。真っ黒にすすけているのが、なおさら重厚さを感じる。

そこを通り廊下へ出て右に曲ると広い階段があり、上り口に「藤村の部屋」と書かれている。

「どうぞお上りください、こちらです」

階段を上ると、ぐるっと廊下になっており、周りは全て障子の部屋。障子だからどこからでも中に入れるが、開けていただいた所の鴨居にも「藤村の部屋」と書いてあった。

広い二間続きの部屋、聞けば八帖二間と言うが、周り中が障子のせいか、ばかに広く感じる。奥の部屋には大きな床の間に立派な掛け軸、恐らく名画なのであろうが残念ながら薄学の私にはわからない。

金色の小さな能の翁の舞い姿の像。床の間の隣りに違い棚がある落ち着いた部屋だった。

「遠い所よくお越しくださいました。荒井さんからも上原さんからも、お話は伺っております。どうぞごゆっくりおくつろぎくださいませ。風呂は少し遠いですが、階段を降りまして、廊下沿いに参りますと一番奥にございます。お食事は何時に?」

「ありがとうございます。六時半頃……」

「では後程」と女将が去ると、

「姉さん、なんだか緊張しちゃうな」

「うん。けど楽にしなさいよ、貴方は個人の旅行を余りしないからでしょ。さあ足でも伸して、私はこの椅子で一服しようっと」

廊下に出ると遠く小檀嶺岳《こまゆみ》から両翼に重なるような信濃連山が一望出来、すぐ近くに迫る山の間から白く湯煙りが立ち昇っていた。谷間のせせらぎが快く響く。

田沢温泉は国道一四三号線から、少しはずれて十観山の南東の山麓にある。十観山は標高一二八四メートルだから温泉は八〇〇メートル位の所だろうか。

「温泉由来記」には、伝説に依ると「往古、琵琶湖とう落し、富士山突起したりし時の余波にて湧出すと言う。然れども初は雲霧にまぎれて誰知る事はなかりき……」と。まあ、気の遠くなるような太古からあったようだ。

そんな訳で伝説も多い。特に飛行仙人の伝説は有名である。開湯は飛鳥時代の後半で（文武天皇の頃）役《えん》の小角《おづの》の行者に依るとある。

冷泉、熱泉があり、ここ田沢も沓掛も「ぬる湯」が有名だ。

田沢という地名は「旧暦八月新米の出来ければ初穂を採りて献上したり。頼朝公御喜悦斜ならず、斯る深山幽谷なりしとて新米の熟せしは、是れ、温泉の徳なりしとて御賞味あり。田沢と名づけられし」とあるから、鎌倉時代初期から田沢と呼ばれた事になる。

「姉さん、見てこの額。藤村の息子さんが書いてる。この宿に泊った時に」

「なる程……なんて書いてある?」

床の間の横の鴨居に掲額は墨で、右の方に藤村の間と書き、

「父、藤村がこの部屋に宿泊した日は、明治三十四年八月の事である。

それから七十年、この部屋が原形を損う事なく保存されたのは『ますや旅館』の厚志に依るものである。乞わるるままに、その由来を記したのは、その志に報いるためである。


島崎楠雄」


と書いてあった。残念ながら年月日が記されていないが、一九六七年頃ではないのか。

作家、島崎藤村は小諸に住んで書いた「千曲川スケッチ」にこう書いている。藤村は、暑い日盛りに、上田から歩いて訪れたのだ。

「そこは保福寺《ほうふくじ》峠と地蔵峠に挟まれた谷間だ。二十日《はつか》の月はその晩も遅くなって上った。

水の流れが枕に響いて眠れないので、一旦寝た私は起きて、斯《こ》ういう場所の月の感

じを味わった。高い欄《てすり》に倚《よ》り凭《かか》って聞くと、さまざまな虫の音が一緒になってこの谷間に満ちていた。その暗い沢の底に種々の声があった。

翌日は朝霧のこもった谿谷《けいこく》に朝の光が満ちて、近い山も遠く、家々から立登る煙は霧よりも白く見えた。浅間は隠れた。

山のかなたは青がかった灰色に光った……」と、書いている。

今、私のいるこの場所のこの椅子に座り、側の高い手すりに寄りかかって藤村が見て、感じた風景と、百年経た現在も余り変ってはいない。谷川のせせらぎの音、すだく虫の声。ほんの少し、家並が増えたのと、車が走る事位ではないか……。

下の方から聞える声、これは湯治客の騒めきであらう。

田沢温泉は、宿も五軒と国民宿舎があるだけ、静かで心安らぐところ。なにか時が止まったような感じだ。私の前の机もこの椅子も、当時の物。軽井沢彫の初期の作品で、細かな桜の花が刻まれている。

部屋の隅に置かれた茶箪笥も当時藤村が使った物だが、頑固な作りの現代人の想像する茶箪笥とははるかに違う。ただの引戸の物である。信州ではその頃から、このような作品が作られていたのだ。と思うと、大正八年、山本鼎が神川村で(現在、上田市)

始めた農民美術を開いた意図もわかるような気がする。信州人の器用さを買ったではないか。

私は一人、勝手な想像を巡らしていた。素朴で丈夫、日常で使える物。本来はそうした物に、少し美術的なそれぞれの自由な発想や感性を引き出し、なお且つ農閑期の収入になれば……と。そこにある物を使い、うまく利用する筈《はず》だったのが、木片《こっぱ》人形が農民美術の原点のように思われてるのが、少し淋しい。

木片《こっぱ》人形だって多分、椅子や机、盆、鉢などを作った残りの木っ片《こっぱ》を利用したと思うのだが、私の思い過しであらうか。

勿論、これはあくまで私の憶測に過ぎないし現在、上田でアライ工芸さんを始め、何人もの方が農民美術を引き継いでおられ、盆や鉢や各種立派な工芸品を作っておられ、農民美術は健在である。

竹製の屑かごも、昔の物がありそのままである。ここの部屋のふすまは、今は黒ずんで見えるが驚くなかれ、何んと金箔が張られていた。古くて良く見なければそれとわからぬが百年以上の重みはかえって芬芬《ふんぷん》と漂わせている。

間仕切の唐紙も両面共全部金箔。絵は扇面を飛ばし、その下に菊一輪。少し離してまた一輪。見事な絵で、全て銀一色で描いている。

障子の枠も黒い漆塗で欄間まで、採光を考え明るく細い障子で出来ていた。

如何に、当時この宿の主人が賎を使い、贅を尽して建てたのかが偲ばれるし、また、島崎藤村を敬愛していて、この部屋を提供した事が、改めて伺われた。と、同時に同じ部屋に宿泊できた幸せをかみしめていた。

「あらっ駄目だ、お客さんがいるよ」

と言う声。弟と二人思わず顔を見合す。どうも宿泊客にこの藤村の部屋を、いつもなら見せるようだ。ガヤガヤと話しながら降りて行った。

「この部屋、見学させるんだね」

「なんか他の客に気の毒な事、しちゃったわねえ」

「今日の客は、運が悪いんだよ」

「ねえ、下へ行ってみない？」

二人でロビーへ行く。片側に土産品らしきガラス戸棚があり、上田紬の小物や信州にかかわる本など陳列してある。弟は本を広げて見たりしていた。私は黒い皮張りの古めかしい大きなソファーにどっかり腰を降ろし、煙草を吸う。目の前のテレビの横に掲げられた、若き日の藤村の写真を眺めていた。

中々ハンサムで頭脳明晰《せき》、眉目秀麗。眼鏡をかけて、少し気取ってかまえて写っていた。さぞかし女性にもてたのではないかしら。

藤村の若菜集に出てくる「お葉、おきぬ、おさよ」という詩が頭を横切った。「この、伊達男!!」そんな昔の大詩人に嫉妬と敬仰する、歳老いた自分が少しおかしく思いながらも、

〝まだあげそめし前髪の
林檎のもとに見えし時
前にさしたる花櫛《くし》の
花ある君と思いけり〟

なんて口ずさんでいる。年を取っても子供みたいな夢見る夢子さんである。

「姉さん僕、この本買いたいんだけど……誰もいないし、どうしたらいいんだろ」

「まあ待ちなさいよ。それよりここへ来て見なさいよ」

「あっ藤村? いい男だねえ。わあ、すごいやこの柱。抱え切れない」

「あれ、見てごらん」

柱に掛けた古めかしい大きな看板。金文字で「鉄道省御指定旅館」と書かれている。恐らく開業当時の物であろう。

「へえ、鉄道省ってあったんだね。今ならさしずめ運輸省か……」

「そうね、明治、大正、昭和、平成だものね。よく残して置いたわね」

ソファーの横に大きな桐の火鉢。内側は銅板で、灰もたっぷり入っているし、五徳の上に大きな鉄瓶《びん》。これが天井の太い梁《はり》からつるさげられた自在鍵にかけられていた。

「これが、自在鍵よ、見た事ないでしょ」

「へえー、テレビで見たけど……いろりで使うんじゃないの」

「そうね、普通はいろりだけど、極く上等な部屋で多分、こうした火鉢を使ったんでしょうよ」

「だって火鉢は瀬戸焼きじゃ」

「火鉢だって色々あるじゃない。例えば箱火鉢、覚えてないかな。昔家にもあったんだけど……」

「覚えてないな、これは何？」

「糸車、ほら糸を紡ぐ……」

「ああ蚕の……まゆ。まゆだけじゃないけどさ」

近頃では資料館にでも行かなければ見かけなくなった、先人たちの知恵で作られた物がというより生活の道具類が、所狭しと置いてあった。

ぞろぞろと十二、三人の若い客が入って来た。文系の大学生と覚しきグループのようだ。

また、別の客が長いのれんをくぐって出て来て「以前は、味噌蔵だったようだよ」なんて話しながら、私たちの側を行き過ぎて行く。

「あんた、どの本買いたいの?」

「この本だよ〝一揆〟」

「あらっ、この本、伊東先生の本じゃない」

「姉さん、この人知ってるの?」

「うん知ってる。お会いした事はないけどね、荒井さんに頼まれて、伊東先生の出してる本に原稿書いた事あるのよ」

「へえ、姉さんやるじゃ。それに信州に色々な知り合いがいるんだね」

「そう言う訳じゃないけど、ごく自然に知り合って出来るのね」

弟が伊東邦夫先生の書かれた〝一揆〟を求め、私は〝信濃昔話〟を二冊買った。宿の女将が、

「伊東先生御存知なんですか？　私の娘が教師をやってる関係で、先生の御本置いたんですが、もうこれで終わりなんですよ」

と言っていた。その時お金を払えば良かったのだが、私の分はつけて置いてくださいと言ったばかりに、帰りに女将からのプレゼントとしていただいてしまい、申し訳ない事になった。

「そろそろ食事だから部屋に戻りましょ」

と廊下に出たら、階段の上り口に「本日は『藤村の部屋』使用中につき見られません」と、貼り紙がしてあった。

「悪いわね、お客、結構泊っているのに」

「満室みたい。だってさ、さっき二人の客断っていたもの」

夕食を運んで来た女将が、

「伊東先生から一献差し上げるようにお電話がございました。お酒がよろしいでしょうか？　それともおビール？」

あらまあ、私がここにいる事、誰が言ったのかしら……荒井さん？　それとも上原さん？　この地方の人と人との継りの良さに驚いた。後で礼状を書くより仕方ないと、御厚意に甘えた。

山の幸を巧な手法で調理された美しい和の彩りも鮮やかな会席料理。

私はアルコールは嗜《たしな》まぬが、伊東先生の温たかな心くばりと、相手が弟という気安さで初めて地酒なるものを口にした。

中々旨いものである。酒のせいか弟も中々冗舌。姉と弟仲良く誠に楽しい一刻であった。

「姉さん、こんなのどうだい。

〃「労動雑詠」よみたる詩人しのびつつ
藤村の部屋で地酒くむなり〃なんてね」

「良し良しとでも言っときましょう」

夜も更けて、もう風呂場も空いた頃を見計らって、手抜い片手に風呂場に向う。

階段を下り長い廊下を通って……本当に長い廊下だ。この宿は明治十二、三年頃に建てられたというが、一部、大正八年に改築をし三階にしたそうである。有に百二十年は経っている。その本館を通り、別館の端から端まで廊下は続いていて、その奥のゆるい階段を二カ所上った所に風呂場がある。

入口に「ぬる湯」と書いてある。常温三八～四〇度というから「ぬる湯」である。中へ入ると大きな風呂場、たっぷりの湯。七、八人のピチピチした娘さんたちがおり、私はその若い肉体に圧倒され、奥の露天風呂に飛び込んだ。

露天風呂は薄暗い。先客に中年の女性が一人。自然石に囲まれて湯舟は山際にある。なる程、ぬる湯、これならゆっくり長湯が出来る。「こんばんわ、おじゃまします」とっぷり暮れた田沢の夜、湯煙りで星も見えぬが、忙しく流れる谷川のせせらぎの音が、ここは一層近い。

「いい湯だな」なんて目を閉じていたら、中年の女性が近づいて来て話しかけた。

「どちらからですか？」

「鹿嶋からです、茨城の」

「お一人で」

「弟と」

「私は夫と二人で来ましたの……」

どうでもいいじゃないか、五月蝿《うるさ》いな……。

「藤村もこの湯に入ったんですかしらね」

「まあ、そうでしょうね」

馬鹿に気易い。いきなり今度は少し高い声で、〽小諸なる……とやり出した。私も腹立ちまぎれに、二の句の〽雲白く遊子悲しむ。彼女〽緑なすはこべは萌えず……と来る。

私〽若草もしくによしなし……彼女〽しろがねのふすまの岡辺……私〽日に溶けてあわ雪ながる……正に抒情詩の絶唱ですね!!」アハハ、オホホ。後は旧知の昔乙女よろしく、すっかり打ち溶けて、正に裸のつき合い。世間話をしたり……。

彼女は藤村信奉者らしく色々知ってて話しかけてくる。うっかり返事も出来ない。適当な受け答えで流した。それでも三十分位入っていたか。いつもカラスの行水みたいな私としては結構な長湯である。一足お先に失礼したが、すっかりのぼせて部屋に戻ってもいつまでも温かい。

弟は先に戻って椅子に凭《もた》れて外を眺めていた。空が曇っているのか星も月もない漆黒の闇、せせらぎの音ばかり聞える。遠い村の灯りがやけに赤く見える。

「旅も終わりだね……」

「旅ったって、半分用事だし、疲れたでしょう。御苦労様でした助りました」

「姉さんと旅するの初めてで終わりかな」

しみじみ弟に言われると私は咄嗟に何も答えられなかった。話題を替え、

「明日は、農民美術のアライ工芸さんに寄って、昼には上田を出ましょうね!! それからどこかでゆっくり昼食摂って帰ろ」

と話していたら、女将がやって来て、

「明朝、公民館にお寄りくださるよう、只今、上原さんからお電話がありました。お手間は取らせませんとの事です。公民館はここから車で五分位です。私が御案内致します」

と、きたもんだ。やれやれ。もうすっかり帰り気分になった所に、またも用事が出来てしまった。

今日は朝から忙しかった。我れながら呆れる。大法寺の見返りの塔を見て、青木美術館予想もしていなかった青木村の方々の歓迎を受け、よく喋り、修那羅山の隅々まで、よくも歩けたものだ。普段、余り歩く事も人と話す事もない自分に、まだこんな

に精力的に行動する力が残っていようとは思わなかったし、さほど疲れも感じないのが不思議だった。

青木村の風土の力が、出会った人々の優しさが私をこれだけ動かした……何かそんな気がする。

翌朝九時、田沢温泉ますやに別れを告げ、女将の先導で青木村の公民館へ向う。上原さんはすでに表へ出て待っていた。女将に礼を言い、中へ入る。

「お早うございます。無理を言ってすみません。是非見ていただきたい物があるんです」

一角のテーブルの上に色々な作品が並んでいる。木で造ったもの、石で造ったものなど様々。

「これ、私が作ったんです。ね、いいでしょう。そこいらにあった物で……これなんだかわかりますか？」

見れば黒っぽいしわしわな木？　が二つ寄り添うように立っているが、目も鼻もない。

「さて、なんでしょう。木とも思えませんが」

「これは『猿の腰掛』です」

「ああ、漢方薬で使う……あれですか」

「そう、茸なんです。人の形に見えるでしょ」

見ようによっては見えない事もない。よくも考えたものだ。上原さんの作品は、総じて、「相対神」を形取った作品が多い。中でも二十センチ位のこれは「エンジュ」の木で、見事な男女の像が私は一番気に入った。クルミの油で仕上げた茶色の美しい艶やかな色を出している。

彫りもしっかりしていた。

「私の作品は、皆、使い古した手術用のメス一本で彫るんです」

「だからこの石の道祖神を、こんなきれいに彫れるんですね。それに上原さんの発想がすごい。こんな素晴しい農村美術の先生が青木村にはおられるじゃないですか……。どうぞ一人で楽しんでいないで、村の若い人たちにも教えて上げてください。見せていただいて本当によかった。私も荷物を持って青木村に来た甲斐がありました。こういう作品が本当の農村美術と私は思いますよ。ありがとうございました」

「そうでしょうか、農村美術ね」

「そうですとも、何か実用的に使える物なども、作って見せてくださいね」

帰りに妻楊子入れと、猿の腰掛で作った作品をくださった。名残りは尽きぬが、アライ工芸との約束があると、別れ上田に向った。

アライ工芸

アライ工芸では今や遅しと荒井さんが待っていてくれた。出がけに上原さんと会った事を言い訳にしながら、お茶をいただく。弟は初めてなのでキョロキョロと店の商品を見回していた。「これが農民美術なんですね」等と言いながら……。常田獅子の飄《ひょう》逸な連れ舞いの大作やしゃくなげの花額などを眺めていた。

「二階に初期の、荒井さんのお父様の作品があるから拝見したら」

知ったかぶりの私の言葉に、

「どうぞ、ゆっくり見てやってください」

弟を二階に案内してくださる。私は奥様としばらく話をしてから二階へ行く。

二階では先日まで、開かれていた「農民美術・いま・むかし」展は終わって、これも企画展だが、「木地のいろいろ」展が行なわれていた。盆や木鉢、茶托など様々、並べてある。木の香りが部屋中に籠《こも》り、なんとも言えない気分の良さだ。歩く度に香りが漂う。

普段この中にいる荒井さんは慣《な》れてしまって、余り感じないそうだ。荒井さんは一点一点、丁寧な説明をしながら弟を案内してくれていた。荒井貞雄氏の頑固な位、信州の花しゃくなげやりんどうへのこだわりが胸を打つ。

色を変えたり彫り様を変えたり、思考の跡が伺われ、いつ見ても何度見ても、確《しか》と彫られた作品は、美しく木の温もりを感ずるものだ。

帰りに弟は、友人に土産をと、花の絵の可愛い茶サジを数個求め、私はしゃくなげの花を彫った小箱を一つ買って、アライ工芸に別れを告げ、上田を後に帰路についた。

「信州って初めて来たのに、なんて言うのかなあ、懐かしいって感じ……また来たくなる。わかるなあ、姉さんの気持ち……なんとなく」

「そうでしょ。私もどうしてかなって時々考えるんだけど……とにかくいいんだな」

なんでこんなに信州にこだわるのか……日本の中に素晴しい所は沢山ある京都も奈良も……九州も……なのに。私の好きな村山槐多が好んで描いた山々があるからか、山本鼎の開いた農民美術に魅せられたのか……。そして村山桂次。その子村山太郎の育った所であるからか?、勿論、それもあるのだが、そんな事の他の何かが私を呼び寄せる。

ふとした出会いが幻の蝶・オオムラサキを私に見る機会を与えてくれたり、かくれ里のような沓掛や田沢温泉に出会え、何度見ても飽く事を知らない古寺古塔に巡り会える。

古い歴史を持つ寺社の点在する塩田平や、その周辺。それを守るようにぐるりと囲む山々信州は誠、まほろばである。訪れる度に温かい人々に出会う信州路。

木の香り土の匂いは、歩く度にこの地に宿る底知れぬエネルギーを貰える。そんな気がするのかも……。友人の漆彫家、村山太郎氏の造った木のくさり(ネックレス)ではないけれど一本の木をグニャグニャに替え、いくつもの輪のつながりのように、友人から上田の荒井氏に、伊東先生へ、そして青木村の大勢の方々へと、次から次に広がって行った。

出会いとは、そうした和のつながりで、一本の糸なのかも知れない。壊れそうで壊れない人と人との一本の絆《きずな》。

決して派手でない農民美術がとり持った所縁《ゆかり》……とでも言えるのか。

目立たないけど美しい可憐《れん》な白い花を咲かせるそば畑の続く青木村。消え行かんとする国蝶、オオムラサキを必死に守り、二十一世紀に残そうと努力する村人。

美しい大自然を守り次世代に残す村青木。青く高い空、連なる山脈。そう、北原白秋の『この道はいつか来た道』。誰もが感じる道、そんな所なのだ信州路は……。

信濃路はいつ来てもよし大どかに
天高くして太古へいざなう

浮き雲の少し影おく夫神岳
ふり向く吾のまたや見るらむ

あとがき

出会いとは、ひょんな事で人と人との繋がりを造り広がって行く。私は、この度の信州行きで改めて痛感しました。

「人情紙の如し」などという言葉を私は捨て去ります。まだまだ日本人の持つ温かな心、豊かな自然は沢山あり、大切にしたいものです。

この度本書を出版するに当り、南原公平氏、若林伝氏の『信州のまほろば』、また、浅川欽一氏採録の「信州昔話」、金井竹徳氏著『石の心修那羅の石佛』より、一部引用させて頂きました事を書き添えますと共に、心より厚く御礼申し上げます。

なお、上田市在住の荒井宏一氏の数々の御教示、青木村の多くの皆様の御厚情に深謝を致します。

口絵の「ぼてと足」は、漆彫家村山自橋の作品です。カバーデッサンは同、村山太郎氏の御好意によるものです。

出版にあたり株式会社文芸社の林様始め、編集部の佐藤様の心強い御力添えに感謝と御礼を申し上げます。

飯田静江

著者略歴

飯田静江（いいだ　しずえ）

茨城県水戸市、自分史を書く会「峠の会」会員。
「雑草の詩――自分史第一部」（自費出版）
「流転――自分史第二部」
「幾春秋――自分史第三部」と書き継ぐ。
他に詩集「碧」「夕映え」、随筆「風華」。
また紀行文として「うえだまほろ記」（文芸社）
がある。

むらさきのゆかり

2000年4月3日　初版1刷発行

著　者　飯田静江《いいだしずえ》
発行者　瓜谷綱延
発行所　株式会社文芸社
〒112-0004　東京都文京区後楽2-23-12
電話　03-3814-1177（代表）
03-3814-2455（営業）
振替　00190-8-728265
印刷所　株式会社　平河工業社

ISBN4-8355-0170-5 C0095